हिन्द पॉकेट बुक्स

साहस का पुतला
टॉम

ये विश्व का महान क्लासिक कथा-साहित्य है और इन्हें लिखा है दुनिया के प्रसिद्ध लेखकों ने। इन रचनाओं को संक्षिप्त में रूपांतरित किया गया है बच्चों और किशोरों के लिए। इन रचनाओं को पढ़कर आपका भरपूर मनोरंजन होगा, साथ ही आप इतने बड़े लेखकों की विश्व चर्चित कृतियों की अच्छे से जानकारी रख पाएंगे।

ये कृतियां आसान भाषा में बहुत सुन्दर ढंग से लिखी गई हैं, जो आपके भीतर तक उतरती चली जाएंगी। इनमें दिए गए आकर्षक चित्र कहानियों को समझने में आपका साथ देंगे।

अमेरिका के महान उपन्यासकार मार्क ट्वेन के उपन्यास *The Adventures of Tom Sawyer* का ही यह रूप है *साहस का पुतला टॉम*। शरारती और खिलंदड़ा ही नहीं, धुन का धनी भी था टॉम। उसके जैसी ही बच्चों की उसकी पूरी टोली थी। बूढ़ी मौसी उसे सुधारना चाहती और वह उनकी सख्ती से भागता था। उसी टॉम को ख़ज़ाने तक कैसे पहुंचाया, पढ़िए, एक रोचक और रोमांचक कहानी।

बच्चों और किशोरों के लिए विश्व क्लासिक उपन्यास

साहस का पुतला
टॉम

विश्व के महान उपन्यासकार

मार्क ट्वेन

के अमर उपन्यास

The Adventures of Tom Sawyer

का हिन्दी रूपान्तरण

हिन्द पॉकेट बुक्स

पेंगुइन रैंडम हाउस इम्प्रिंट

हिन्द पॉकेट बुक्स

यूएसए | कनाडा | यूके | आयरलैंड | ऑस्ट्रेलिया
न्यू ज़ीलैंड | भारत | दक्षिण अफ्रीका | चीन

हिन्द पॉकेट बुक्स, पेंगुइन रैंडम हाउस ग्रुप ऑफ़ कम्पनीज़ का हिस्सा है,
जिसका पता global.penguinrandomhouse.com पर मिलेगा

पेंगुइन रैंडम हाउस इंडिया प्रा. लि.,
चौथी मंजिल, कैपिटल टावर -1, एम जी रोड,
गुड़गांव 122 002, हरियाणा, भारत

पेंगुइन
रैंडम हाउस
इंडिया

प्रथम संस्करण हिन्द पॉकेट बुक्स द्वारा 2011 में प्रकाशित
प्रथम हिन्दी संस्करण हिन्द पॉकेट बुक्स में पेंगुइन रैंडम हाउस द्वारा 2023 में प्रकाशित

10 9 8 7 6 5 4 3 2

इस पुस्तक में व्यक्त विचार लेखक के अपने हैं, जिनका यथासंभव तथ्यात्मक सत्यापन किया गया है, और इस संबंध में प्रकाशक एवं सहयोगी प्रकाशक किसी भी रूप में उत्तरदायी नहीं हैं।

ISBN 9789353492090

मुद्रकः रेप्रो इंडिया लिमिटेड

www.penguin.co.in

FSC
www.fsc.org
MIX
Paper from
responsible sources
FSC® C047271

1

बाइबिल में बालकों से संबंधित कई एक बातें हैं। वे अपने माता-पिता, भाई-बहनो से जुड़कर ही पहचाने जाया करते हैं; अपने अभिभावकों द्वारा पालन पाते हैं। खेलने-कूदने या मौज-मनोरंजन का कोई मौका वे कभी नहीं चूकते, बल्कि दूसरों से भी चाहते हैं कि वे उनके साथ मौज-मेलों में शामिल रहें। वे नरम दिली की मिसाल तो होते ही हैं, साथ ही साबित भी करते हैं कि बड़ा होना है तो अपना छोटापन स्वीकार करने को तैयार रहना होगा।

बालकों पर ईसा भी न्यौछावर थे, वे कहते थे, बालकों को उनके पास आने से रोका न जाए और इन्सानियत के गुण बालकों में बताने के बाद उन्हें प्रशंसा के योग्य ठहराकर उन्होंने कहा थाः "धन्य हैं वे जो मन के दीन हैं क्योंकि स्वर्ग का राज्य उन्हीं का है!..."

बालक भरोसेवाले होते हैं। वे बुराई निकालने की आदतों से अछूते रहते है। वे जो सुनते हैं उसे जस का तस सच मान लिया करते हैं फिर चाहे वह उन्हें भुलावे में डालने की मंशा से ही कहा गया हो। भुलावा या बहलावा एक ही होता है परंतु झांसा उसका भाई-बिरादर होते हुए भी अलग नतीजे देता है। संसार भर में माताएं

बालकों को भुलावे में डालती रहती हैं किंतु उनका उद्देश्य बालक के हित का ही रहता है जबकि झांसा देना, धोखा देने के मायने में ही समझा जाता है। झांसा आखिर दुःखदायी होता है।

इस कहानी में कुछ अनोखे भुलावे हैं।

किसी गांव-देहात में एक बुढ़िया मौसी रहती थी। उसका नाम मौसी नहीं था वह चूंकि अपनी बहन के बेटे को अपने साथ रखे हुए थी इसलिए वह टॉम की मौसी थी। यह टॉम ही हमारी कहानी का नायक है।

बिना माता-पिता के बालक टॉम के बारे में बुढ़िया बड़ी फिक्रमंद रहा करती थी कि कहीं वह अपने खिलंदरेपन और काम-चोरी की आदतों का गुलाम होकर जीवन संग्राम में दूसरी से पीछे न रह जाए; और टॉम था कि बुढ़िया की सख्तियों से उकताया उसकी आज्ञाओं को टालने की काशिशें तो करता ही था कई बार घर से भी भाग निकलता था। गांव में खिलंदरे बालकों की उसकी एक पूरी टोली बन चुकी थी। जिनके पास मन बहलाव के लिए खिलौने तो नहीं हां, आम लोगों द्वारा बेकार समझकर फैंक दी गई चीजों का एक भण्डार अवश्य रहता था जो उनके बीच माल-असबाब की तरह लेन-देन का साधन बन चुका था और वे इस अदल-बदल से संतुष्ट भी हो लिया करते थे।

बुढ़िया मौसीं तो टॉम को अपनी नज़रों में ही रखा करती थी, हालांकि उनके माथे पर हमेशा चश्मा चढ़ा रहा करता था लेकिन वह चश्मा केवल दिखाने का था, देखने का नहीं। टॉम जरा भी नज़रों से इधर-उधर हुआ कि बुढ़िया मौसी बेचैन होकर चिल्लाने लग जाती।

''टॉम! अरे....अरे टॉम''

मगर टॉम की न हां सुनाई देती न हूं।

"अजीब है यह लड़का, पता नहीं बाहर इसके लिए क्या रखा है, जब देखो तब गायब। पता नहीं कब में निकल जाता है?... अरे सुनता है क्या?"

बूढ़ी बड़बड़ाती हुई इधर-उधर बेचैन निगाहों से अपनी बहन के लड़के को खोज रही थी। वह झूंझल में भरकर बड़े ज़ोर से चिल्ला उठी."अब सही, घर तो आएगा ही, तब बताऊंगी तुझे। मुझे तू बड़ा दुःख देने लगा है..." लेकिन बहुत कुछ कहने और आपा छेत लेने के बाद भी वह पलंग के नीचे बस एक बिल्ली ही पा सकी।

"बड़ा ही ढीठ हो गया है यह लड़का!"

फिर बगीचे में जाकर हांक लगाई-"टॉम!" और लौटकर दरवाजे पर आकर खड़ी ही हुई थी कि पीछे खटका हुआ! नज़र घुमाकर कमरे में झांका तो देखा, टॉम भागने की फिराक में था लेकिन भाग नहीं सका, दरवाजे में मौसी पहाड़ जो बनी खड़ी थी।

"अच्छा तो तू यहां था, आल्मारी में क्या कर रहा था?"

"वहां करने को क्या है?"

"अच्छा, और तेरा मुंह और हाथ काहे से सना है, बता तो?"

"कहां सना है?"

"कहां सना है! मुरब्बा खा रहा था बच्चू! कर डाला मुरब्बा भ्रष्ट!...कई बार कह चुकी हूं मुरब्बा मत छुआ कर, मगर तुझे तो इसका स्वाद भा गया है न? अमी चखाती हूं मज़ा, जरा वह मेरा कोड़ा तो मुझे पकड़ा दे!"

मौसी ने कोड़ा संभाला ही था कि टॉम ने चालाकी बरती।

"ज़रा ठहरना मौसी, मुड़कर अपने पीछे तो देख लो!"

"पीछे?" और मौसी जैसे ही पीछे देखने को घूमी कि टॉम 'फुर्र' क्षण मात्र में ही चार दीवारी के ऊपर से उछाल लगाकर टॉम

यह जा, वह जा। मौसी पहले तो क्रुद्ध हुई फिर अपने-आप उसके होठों पर मुस्कुराहट फूट पड़ी।

"बहुत बिगड़ गया है! इसकी शैतानियां अब मेरी समझ के बाहर हो चली हैं। पता नहीं, कहां से सीख गया। यह सब इसकी खुराफात मेरी अक्ल में आए भी कैसे? उम्र के साथ अक्ल भी तो बुढ़ाती है। मैं तो डरती रहती हूं ज़्यादा लाड़ प्यार से कहीं यह हाथ से ही न निकल जाए। भला में सख्ती बरतूं भी कैसे? बेचारा बिन मां का बछेरा है। इस पर मेरा हाथ चलना सही थोड़ेई ठहरेगा। तनिक दौंच भी देती हूं तो मेरा कलेजा ठहरता थोड़ेई ही है। आखिर हूं तो स्त्री ही। कोख का जना न सही पर जल्लाद कैसे बन सकती हूं। मेरी स्वर्गीया बहन का बेटा है। अब वह दुपहरी भर बाहर ही खेलेगा। कैसे सुधारुं उसे...?"

और दोपहर का खाना खाते-खाते भी उसकी शैतानियों को विराम नहीं लग सका-नज़र बचाकर चीनी की फंकी मारता ही रहा। मौसी समझ रही थी कि उसकी मेहरबानियों के तले दबकर टॉम खुद-ब-खुद दोपहर की अपनी कारस्तानियों की बखिया उधेड़ डालेगा मगर टॉम एक ही उस्ताद था। उसने कच्ची गोलियां नहीं खेली थी। वह बड़ी सहजता से मौसी के वाक्जाल से बचता रहा। अंत में मौसी ने उससे पूछ ही डाला-

"क्यों रे टॉम?" मौसी आवाज में मिश्री सी घोलती हुई बोली।

" कमाल कर डाला तूने! आज तो-दिन भर खेला-कूदा और कमीज का कालर तक नहीं फटा। जरा अपनी जाकेट तो खोल कर दिखा मुझे?"

टॉम ने जाकेट खोलकर कमीज दिखाई, कालर साबित मिला। मौसी दया दिखलाती हुई बोली-"दुपहरी में बाहर खेला, शैतानी भी

की होगी फिर भी आज छोड़ देती हूं तुझे लेकिन अब यह भागना-दौड़ना छोड़ दे...तेरी शैतानियों से मेरा दिल धुकड़-पुकड़ करता रहता है।

मौसी भीतर-भीतर संतुष्ट नज़र आ रही थी कि टॉम का व्यवहार अब सहनीय होने लगा है लेकिन उसके भाग्य में टॉम की तरफ से शांति रह सकनी संभव ही नहीं हो सकती थी। टॉम के छोटे भाई सिड ने उसके चैन में पलीता लगा दिया।

"मौसी तुमने कल टॉम का कॉलर जिस डोरे से सिंया था वह कैसा था, सफेद या काला?" सिड ने पूछा।

"क्यों?" मौसी अचकचाई। बताया-"सफेद से सिला था?" और फिर अपने-आप चीख पड़ी-इधर आ बदजात, कॉलर की यह सिलाई काले डोरे वाली कैसे हो गई रे छलिए?"

पर टॉम खिसक लिया, जाते-जाते सिड की ओर फाड़कर खा जाने वाली नज़रों से घूरता गया-"देखूंगा तुझे!"

मौसी की नज़रों से बचकर ओटक में बैठ जाने के बाद उसने अपनी जॉकेट की भीतर खुंसी हुई दो सुइयां देखीं। नाकों में अलग-अलग रंग के डोरे पिरोए हुए थे। "मौसी तो जो डोरा हाथ लग जाए उसी से सीं डालती है, उसे यह याद रखने की फुर्सत कहां रहती है कि सिलाई किस रंग के डोरे से की गई थी। चूक तो मेरी भी है लेकिन इस सिड को भी इस फटे में अपनी टांग अड़ाने की ज़रूरत क्या थी, उसे इसका फल भुगतना पड़ेगा-देखूंगा उसे...।"

लेकिन वह अधिक देर तक इस बात का पल्लू पकड़े भी नहीं रह सका। शीघ्र ही उसको एक दूसरे काम में लग जाना पड़ा। उसने कल एक नए ढंग से सीटी बजाना सीखा था, उसी के अभ्यास को पुख्ता करने के लिए वह सीटी बजाता बाहर सड़क पर निकल

आया।

सीटी की आवाज़ से खिंचकर एक सर्वथा अपरिचित लड़का एकाएक उसके सामने आ डंटा। वह कपड़ों लत्तों से तो 'बना-ठणा' था ही कद में भी उससे सवाया था। दोनों पहले तो कुछ देर दूर-दूर खड़े रहकर एक दूसरे को नज़रो-नज़रों में ही तौलते रहे फिर उनमें तू-तू मैं-मैं हाथापाई और उठापटक तक हो गई। देर रात बुरी तरह फटे हुए कपड़ों में टॉम घर में घुसा तो मौसी जाग रही थी।

"अब कल देखूंगी तुझे!" मन ही मन में मौसी ने सोच लिया, "इसे कोई न कोई काम सौंपकर ही इसका घर से बाहर निकलना थम सकेगा।"

2

शनिवार का दिन, सवेरे-सवेर गर्मी का असर झलकने लगा था। हर ओर जिंदगी मुस्कुराती हुई हर जवान दिल में कुछ कर गुजरने की हौंस जगाती सी दिख रही थी। लेकिन बेचारा टॉम कूंची ओर रंग की बाल्टी थामें तीस गज लंबी और नौ फुट ऊंची चार दिवारी का मुआयना इस तरह से कर रहा था जैसे अखाड़े में उतरकर पहलवान कुश्ती शुरू करने के पहले अपने प्रतिद्वंद्वी का बल-पौरुष जांचता है। यहां भी टॉम को इस चार दिवारी को रंगना था।

चार दीवारी की विराटता देखकर उसे झुरझुरी सी आ गई। उसे ऐसा महसूस होने लगा जैसे यह पुताई उसके वुजूद पर भारी पड़ेगी। लेकिन बच निकलने का कोई रास्ता भी नहीं था, करना तो पड़ेगा ही। और जब काम करना ही है तो रोने-झींकने से बनेगा

भी क्या? काम तो करने से ही मुकेगा या फिर इसे किसी और के सिर मंढकर बेफ्रिक हुआ जा सकता है, लेकिन किसके...?

रंग में भिगोकर बड़ी देर तक कूंची को रंग के डिब्बे के किनारे पर सहेजते रहने के बाद आखिरकार चार दीवारी के ऊपरी हिस्से पर कूंची चलाकर भी टॉम का मन काम में नहीं रमा, असंतुष्ट ही बना रहा। मन अधिक उचाट मानता तो वह जाकर वृक्ष की निचली टहनी पर आसन जमा लेता लेकिन फिर वापस आकर कूंची थाम लेता। उसे घर के नौकर जिम से ईर्ष्या हुई। वह घर में से पानी लाने के लिए बाल्टी लेकर हैण्डपंप की ओर लपका जा रहा था। यद्यपि पानी लाने का यह काम कभी टॉम को पसंद नहीं आता था लेकिन आज उसे लगा कि कूंची लेकर रंग पोतने से वही अच्छा काम है क्योंकि उसके साथ हमेशा उन लड़के-लड़कियों से मिलने का सुयोग हाथ आ जाता है जो वहां खेलते हुए पानी-पीने के लिए आते रहते हैं।

टॉम ने जिम को टोक दिया-"जिम तूने देखा नहीं आज मैं, क्या कर रहा हूं?"

"पता है" जिम ने अनमनी सी आवाज़ में कहा, " मालकिन ने मुझे बता दिया था कि टॉम को आज पुताई करने दो, उसके पास से होकर गुजरना नहीं है, नहीं तो वह अपनी बला तुझ पर थोप देगा।"

"मैं इस काम को बला थोड़े ही मानता हूं," टॉम बोला, "मुझे तो इस काम में आनंद आ रहा है, अनुभव हो जाएगा तो कभी न कभी काम आ जाएगा। तुझे अगर सारे जीवन पानी नहीं ढोना है तो आजा कूंची सम्हाल ले, तजुर्बा हो जाएगा तो तेरी वकअत बढ़ेगी। ला बाल्टी मुझे दे पानी मैं ले आता हूं!"

"नहीं भैया, नहीं, मौसी ने मुझे आदेश दिया था कहीं रुकना नहीं!"

जिम ने इनकार कर दिया, लेकिन टॉम माना नहीं, कहता ही रहा-

"अरे मौसी को छोड़, उन्हें पता थोड़े ही लगना है, आ!" मगर जिम नहीं माना तो टॉम को उसका यह अस्वीकार अपनी हार जैसा लगा। वह मुलायम आवाज़ बनाकर बोला-" अरे तू मौसी की चिंता मत कर, वह रोटी-मक्खन खाती है, तुझे नहीं खाएगी, बेफिकर रह। तू मूझे नहीं देखता वे मुझे क्या-क्या हिदायत देती हैं मगर मुझे मारती थोड़े ही हैं। अरे बड़ों की डांट तो आशीर्वाद होती है, चल इनकार मत कर ला, बाल्टी मुझे पकड़ा..."

जिम का निश्चय डांवांडोल सा हुआ, बाल्टी छोड़कर वह कूंची पकड़ने को ही हुआ लेकिन फिर एकाएक बाल्टी थाम कर हैंण्डपंप की ओर बगटुट भागा। टॉम ने भी फिर कूंची पकड़ने में ही कुशल समझी और मौसी ने भी मुड़कर घर का रुख कर लिया। वह अपने बछड़ों के दांत जानती थी इसी से एकक्षण को घर से बाहर आ गई थी।

पुताई फिर चल निकली।

बैन रोजर्स सेव खाता हुआ स्टीमर चलाने के से अंदाज में उछलता-कूदता हुआ उधर आ निकला। टॉम के एकदम पास पहुंचकर वह स्टीमर के कप्तान की एक्टिंग करते हुए अपने ख्याली स्टीमर को लंगर डालने का आदेश देने लगा और इसके बाद स्टीमर की आखिरी सांस लेने की आवाज़ मुंह से निकालकर वहीं ठहर गया।

टॉम इस सबसे बेध्यानी बरतते हुए अपने काम में लगा रहा मानो उसने बैन को देखा ही नहीं हो। इससे बैन को धक्का सा

लगना स्वाभाविक था! बैन थोड़ी देर उसे अचम्भे में भरा देखता रहा फिर अपना सेव खाते-खाते ही बोला, "तो श्रीमान् जी कमाऊ पूत बने हैं!"

टॉम ने जैसे सुना ही नहीं, वह अविचलित अपने कार्य को दुबारा एक कलाकार के से अंदाज में जांचता सा लगा। उसे भीतर ही भीतर एक खुशी हुई गोया उसे बहुत अच्छा नतीजा मिला हो, या अपनी समस्याओं का कोई सीधा सा उपाय उसने खोज लिया हो। उसने एक बार फिर बड़े कारीगरों के से अंदाज में आंख मिचमिचाते हुए अभी-अभी पोते गए स्थान को निहारा और फिर कूंची को बड़े इतमीनान से प्रसन्न होते हुए हल्के-हल्के एक दो स्थान पर फिराया और खुश होने का अभिनय करते हुए बोला-"वाह!" और उसी मुद्रा में चारीदीवारी की ओर निगाह रखे-रखे धीरे-धीरे चलता हुआ अनजाना सा बनकर बैन रोजर्स की बगल में ही आ खड़ा हुआ। सेव देखकर हालांकि उसकी स्मृति में सेव का स्वाद आकर उसको बेचैन सा करने लगा लेकिन उसने अपनी बेचैनी को दबा लेना मुनासिब समझते हुए फिर कूंची संभाल ली।

बैन की समझ में टॉम की काम में ऐसी लगन किसी रहस्य से कम नहीं थी; इसके अलावा उसे इसमें अपने प्रति बेरुखी का भाव भी नज़र आया, लेकिन फिर भी उसने टॉम के प्रति पूरी सद्भावना दर्शाते हुए कह डाला-"अरे टॉम! आज तो छुट्टी का दिन है, आज भी काम?"

"बैन तुम!" टॉम अचम्भा सा दिखाते हुए बोला-"कब आए मुझे तो तुम्हारे आने का पता ही नहीं चला!"

"वही तो!" बैन और निकट पहुंच गया, "मैं आज तैरने की सोचकर घर से चला हूं, सोचा तुम्हें भी शायद उधर चलना हो,

लेकिन,'' बैन ने उसे घूरते हुए कहा, ''तुम्हें तो शायद काम में जुट जाना पड़ा है?''

''पड़ा है!'' टॉम ने चकित होने का दिखावा किया,'' टॉम को कोई मजबूर कर सकता है क्या? मैं तो यहां मौज मजे और अनुभव के लिए कूंची चला रहा हूं...!''

''अच्छा!'', बैन चौंका, ''तो तुम यह सब अपनी मर्जी से कर रहे हो?

''और क्या,'' टॉम ने कूंची रोक दी और बड़े रहस्य भरे स्वर में बोला-

''अरे कोई वैसे ही किसी लड़के को कूंची थोड़े ही पकड़ा सकता है, रंगों की बरबादी का डर भी तो रहेगा। भला कोई अपने खर्च पर दूसरों को तजुर्बेकार बनने देता है क्या?''

'तजुर्बेकार!' रंगों की बरबादी!' बैन रोजर्स के मन में इन दो शब्दों ने खलबली मचा दी। अब सेव खाने में उसकी दिलचस्पी खत्म सी हो गई दिखी। टॉम का ड्रामा बदस्तूर चलता रहा। बैन उसकी काम करने की अदाएं निरखता खड़ा रहा फिर आगे बढ़कर बोला-

''यार टॉम जरा कूंची मुझे भी देना, देखूं तो रंग कैसे किया जाता है!''

टॉम पूरा घाघ था। आसानी से अपनी मनचीती होते देखकर भी उसने गरज को दबाते हुए कह डाला-''नहीं, बैन, नहीं! तुम भले ही बुरा मान जाओ, लेकिन, यह काम मैं तुम्हें नहीं सौंप सकता, तुम शायद इसमें सफल सिद्ध नहीं हो सको...फिर यह चारदीवारी सामने की है, पुताई में जरा सी भी चूक होने से खटकती रहेगी, पीछे वाली दीवार रहती तो बात कुछ और थी, कुछ भूलचूक हो जाती तो बरदास्त कर ली जाती मौसी मुझे ही कहां कूंची पकड़ा रही थी, हजार-दो हजार

लड़कों में कोई ही ऐसा निकलता है जिसका हाथ साफ हो, काम का रुझान भी तो होना चाहिए न?"

बैन को धक्का सा लगा, वह क्या टॉम से उन्नीस है? उसे टॉम से ऐसा टका सा जवाब पाने की उम्मीद नहीं थी। उसे लगा उसे अपनी कूवत साबित करनी पड़ेगी...मगर उसके लिए मौका तो मिलना चाहिए न? उसने बड़ी नरमाई दिखाते हुए टॉम से अपनी बात फिर कही-"तुम मुझे एक मौका तो दो टॉम फिर अगर मुझसे पूरी पुताई करवाना न मान जाओ तो कहना। देखो ना नुच मत करो, मैं तुम्हारी जगह होता, तो मान जाता-हम दोनों दोस्त हैं टॉम, क्या तुम्हें मेरा विश्वास नहीं?"

"ऐसी बात नहीं है, विश्वास तो मुझे है...मगर तुम्हें मालूम नहीं हैं।" अपनी प्रसन्नता को प्रकट होने से बचाता हुआ टॉम बोला, "सिड और जिम भी पुताई को ऐसे ही ललचाए थे लेकिन मौसी नहीं मानी, सारी पुताई एक जैसी होनी चाहिए, जने-जने का हाथ अगर अलग-अलग असर का दिखा तो सारा रंग डूब गया समझो। मैं पुताई करना छोड़ कर तुम्हें कूंची सौंप दूं और कुछ गड़बड़ी हो गई तो, न भई न, तुम बीच में छोड़कर भाग लिए तो मैं तुम्हारा क्या बिगाड़ सकूंगा...दीवार तो हमारी खराब होगी।" टॉम ने बहुत होशियारी से फंदा फैंका, बैन फंदे में फंसने को एकदम उतावला सा होकर टॉम को लोभ दिखाने लगा।

"अच्छा सुनो, तुम जरा यह सेब तो चखो, और अपनी यह कूंची मुझे दे दो, फिर देखो मैं क्या शानदार पुताई करता हूं, लो. ..!" बैन ने सेव उसकी ओर बढ़ाया।

"नहीं भैया, मुझे मुसीबत में मत डालो...!' टॉम बोला। मगर मुसीबत तो बैन की खोज में थी और उसके एवज में उसे पूरा

सेव टॉम के हवाले कर देना पड़ा।

थोड़ी देर बाद कूंची बैन चला रहा था और टॉम छांह में एक औंधे पड़े पीपे पर आसन जमाए बैठा सेव का स्वाद ले रहा था। साथ ही वह बैन के स्थान पर किसी दूसरे लड़के को कूंची पकड़ाने के लिए भी भुलावे की योजना बनाने में भी व्यस्त हो गया। लड़के आते गए और टॉम के भुलावों में फंसकर अपनी छकड़ी गंवाते रहे। टॉम की खिंचाई करना उन सभी लड़कों के लिए भारी पड़ा क्योंकि थोड़ी ही देर में उन सबकी पूंजी टॉम के कब्जे में पहुंच गई थी।

बैन का हाथ ढीला पड़ते ही बिल फिशर उसके बाद जौनी मिलर टॉम के शिकार हुए और फिर जाने कौन-कौन लड़के आए और चार दीवारी तीन-तीन बार पुती और इस सिलसिले को बस उस समय विराम लगा जब मौसी द्वारा पुताई के लिए दी गई सारी सफेदी ही खत्म हो गई।

टॉम को आज एक नया ख्याल सूझा, 'अस्ल में संसार बेमजा कतई नहीं है, और मनुष्य के लिए दुस्साध्य वही काम है जिसे उसका मन करना न चाहे या उससे जबरदस्ती कराया जाए।'

अब वह कूंची और खाली बाल्टी लिए मौसी के सामने था।

"मौसी, अब तो मुझे छुट्टी दोगी?"

"छुट्टी!" मौसी चश्मा ऊपर सरकाते हुए बोली, "नहीं, पहले पुताई?"

"हो तो गई पुताई!" टॉम सीना फुलाते हुए बोला, " चारदीवारी थी कितनी, जाकर देखो तीन-तीन कोट हुए हैं!"

"अच्छा, मुझसे झूठ बोल रहा," मौसी बोली, "मैं जैसे तुझे जानती ही नहीं हूं।"

"मुझे झूंठ बोलने की क्या पड़ी है," टॉम ने उलाहना दिया, "तुम तो नाहक मुझे झूंठा ठहरा रही हो, अस्ल में मौसी तुम मुझे पहचान ही नहीं पाई हो।"

अपनी आंखों से चारदीवारी की पुताई देख लेने के बाद भला मौसी पिघल क्यों नहीं जाती, "मैं सचमुच तुझे पहचान नही पाई बेटा-तू इतना अच्छा पुतैया निकलेगा यह तो मैं सोच भी नही पाई थी। मेरी समझ में आ गया 'तू अगर करना चाहे तो तेरे लिए कुछ काम मुश्किल नहीं, लेकिन करना चाहे तब न?' अच्छा जा खेलकूद आ, जो मर्जी कर लेकिन वक्त से ही लौट आना नहीं तो...।"

मौसी ने उसे खेलने की इजाजत ही नहीं दी, वरन् एक ताजा सेव भी दे दिया।

जब वह जैफ थैकर के घर के बाहर से गुजर रहा था, तो उसके कदमों को जैसे ब्रेक लग गया-सामने बाग में एक अपरिचित लड़की दिखी। लड़की क्या थी सुंदरता का पिटारा ही थी! नीली आंखें, लंबे-सुनहरे घने बाल, दोनो ओर को दो चोटियों में भली प्रकार बंधे हुए। सफेद फ्राक और सुंदर कशीदाकारी युक्त घाघरा। उसकी नज़रें बस बंध सी गई थी। हवा के एक ही झौंके में उसके हृदय पटल से उसकी मित्र एमी लारेंस की छवि ऐसी धुल गई जैसे हवा के झौंके से पत्ते से ओस की कोई बूंद सरक जाय! अभी एक सप्ताह पहले ही ऐमी ने जब उसके प्यार को स्वीकार किया था, तो उसकी कल्पनाओं को पंख लग गए थे, लेकिन ऐमी जैसे उसके लिए कुछ खास नहीं रह गई थी।

टॉम जाने कब तक खड़ा उस लड़की को देखता रहता लेकिन शीघ्र ही उसे लगा कि उस लड़की ने भी उसकी नज़र को भांप लिया

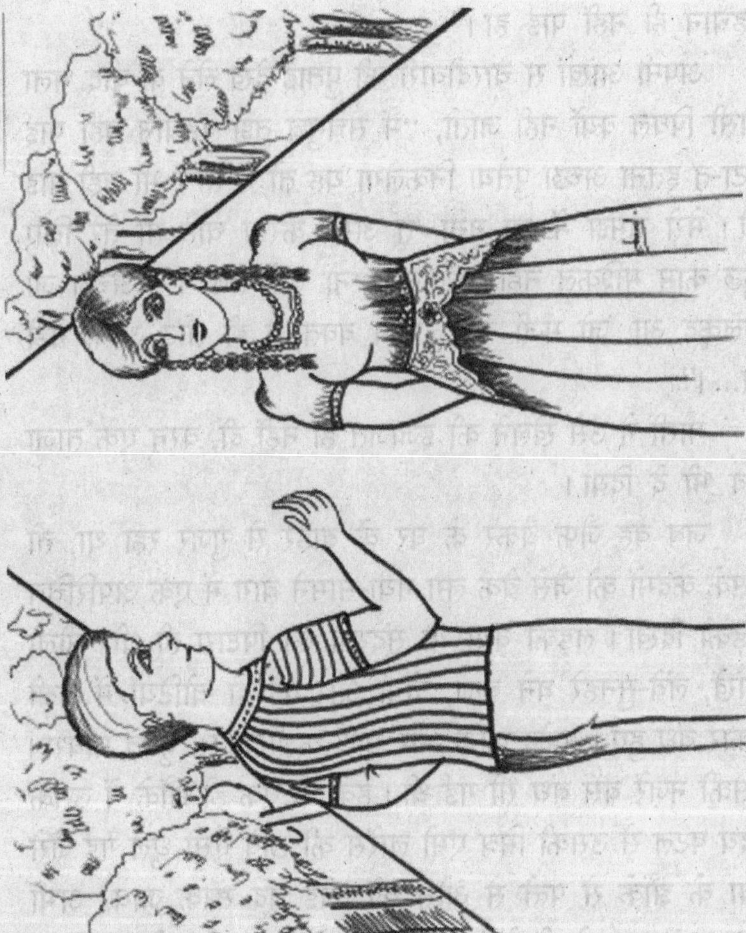

है इसलिए वह अपने आपको उसकी उपस्थिति से बेखबर दर्शाने के लिए विचित्र सी हरकतें करने लगा। लड़की धीरे-धीरे अपने घर की ओर बढ़ चली! वह चारदीवारी से टेक लगाए रहकर उसकी ओर ताकता खड़ा रहा। शायद उसे उम्मीद रही की लड़की उसकी ओर फिर नजर डालेगी परंतु अपनी ड्योढ़ी पर पांव रखने के पहले उसने मुड़कर नहीं देखा, लेकिन अंदर कदम रखने के पूर्व जब वह एकक्षण के लिए ठिठकी और नज़र घुमाई तो टॉम का दिल बल्लियों उछल पड़ा।

रात के खाने के समय मौसी भी उसकी उस उत्फुल्लता का भेद नहीं जान सकी। इस या उस गलती के कारण मौसी ने उसे डांटा भी लेकिन उसका हंसता हुआ चेहरा उस से लापरवाह बना रहा। खाने से निबटकर वह फिर उसी ओर जा निकला जहां उसे लड़की की झलक मिली थी। वह उसकी खिड़की के नीचे जा लेटा और सोचने लगा कि यदि यहां पड़े-पड़े उसे मृत्यु आ जाए तो क्या वह लड़की उसके लिए दो आंसू की बूंदें टपकाएगी लेकिन जवाब सूझने के पहले ही ऊपर वाली खिड़की खुली और नौकरानी द्वारा बाल्टी भर पानी उंड़ेल दिया गया।

कपड़े झाड़ता टॉम उठा और घर आकर ही दम लिया।

3

आज रविवार था।

टॉम अपनी बहन मेरी और छोटे भाई सिड को साथ लिए

संडे स्कूल की ओर चला तो उसके पैर जैसे सड़क से चिपक-चिपक जाते रहे क्योंकि संडे स्कूल जाने का उसका मन नहीं होता था मौसी जबरदस्ती उसे दोनों बच्चों के साथ प्रेयर अटैण्ड करने भेजा करती थी। उसकी बहन मेरी तथा सिड ज़रूर संडे स्कूल जाने के लिए इस घड़ी का सप्ताह भर इंतजार करते रहते थे।

स्कूल के बाहर ही उसे अपना एक साथी दिख गया अतः टॉम ने अपनी बहन मेरी और भाई सिड दोनों को भीतर स्कूल में चले जाने को कह दिया और वह खुद वहीं ठहर गया। दोनों भीतर चले गए तो टॉम ने अपने दोस्त को आवाज़ लगाई-

"अरे बिल! इधर तो आओ," टॉम बोला, "तुम्हारे पास कोई पीला टिकट भी है क्या?"

"पीला टिकट!" बिल ने कहा, "हां है, लेकिन क्यों?"

"मुझे चाहिए!" टॉम ने धीरे से पूछा, "मुझे दोगे?"

"सैंत-मैत नहीं दूंगा, तुम मुझे उसके बदले में क्या दोगे?" बिल ने पक्के सौदागर के से अंदाज में बताया, "माल जंचेगा सौदा हो जाएगा।"

टॉम ने अपनी मुठ्ठी उसके आगे खोली, हथेली पर मुलैठी का एक टुकड़ा और मछली पकड़ने का एक कांटा चमक रहा था।

"हाथ में लेकर देख सकता हूं?" बिल ने पूछा।

"शौक से।" और दोनों चीजें बिल को पकड़ा दी गई। चीजों में कोई कमी तो थी ही नहीं इसलिए सौदा पट गया। पीले टिकट के अलावा तीन लाल टिकटों के बदले टॉम ने अपने पास के सफेद पत्थरों को अलविदा कह दिया। नीले टिकट के लिए कुछ दूसरी छोटी चीजों का बिछोह करना पड़ा। इस सारी सौदेबाजी या मोलभाव में पंद्रह मिनट से ज़्यादा वक्त नहीं लगा।

चर्च में भीतर सीट तक पहुंचकर एक लड़के से चीं-पटाक हुई फौरन एक बुजुर्ग से टीचर ने बीच-बचाव कर झगड़ा शांत कराया। टीचर के जाते ही टॉम ने अपने आगे बैठे एक लड़के के बाल पीछे को खींचे। लड़के के मुड़कर देखने के पहले ही टॉम की नज़रें अपनी पुस्तक में गड़ चुकी थी। कुछ देर बाद एक दूसरे लड़के को पिन चुभा देने से लड़के के मुंह से निकला 'उफ' जिसके लिए अध्यापक से उसे डांटा गया-'शोर नहीं, शांत बैठिए।''

टॉम की यह क्लास अपने आप में गड़बड़ाई हुई थी। बच्चों में बाईबिल के पाठ याद करने की लगन पैदा करने के लिए इस क्लास का गठन किया गया था लेकिन अस्ल में किसी बालक को कभी कुछ याद ही नहीं हो सका था। दूसरे बालकों द्वारा की गई प्राम्पटिंग और फुसफुसाहट के सहारे बालक पूरा पाठ सुना जाते और उन्हें इनाम मिल जाता। पाठ सुनाने के लिए एक नीला टिकट और दस नीले टिकटों के बराबर एक लाल टिकट माना गया था। दस लाल टिकट अर्जित कर लेने के बाद कोई बालक एक पीले टिकट वाला माना जाता था। और दस पीले टिकट किसी भी बालक को सुपरिन्टेण्डैंट से एक सुनहरी जिल्द वाली बाईबिल प्राप्त कर लेने का अधिकारी बना देते थे। कई बालक चार पांच प्रतियां प्राप्त कर चुके थे और खुद मेरी को एक बाइबिल प्राप्त हो चुकी थी।

बाईबिल पाठ के बाद मिस्टर वाल्टर्स का प्रवचन शुरू हुआ। इस सारी अवधि के दौरान बराबर फुसफुसाहटें सुनी जाती रहीं और यह फुसफुसाहटें उस समय तो वाकई अपनी चरम सीमा पर पहुंच गई जब जैफ थैकर चर्च में प्रविष्ट हुए और उनके साथ जिस व्यक्ति ने प्रवेश किया उसकी पत्नी और लड़की भी उसके पीछे-पीछे चर्च में आई थी। उस लड़की को देखकर टॉम के हृदय में समुद्र

की तरंगे उठकर चांद को छूने लगी और उस लड़की का ध्यान अपनी ओर आकर्षित करने के लिए टॉम को अपना व्यवहार संयत रखने में बड़ी कठिनाई का अनुभव हुआ।

भाषण समाप्त हो जाने के बाद नवागंतुकों का परिचय उपस्थित व्यक्तियों को दे दिया गया। जैफ थैकर साथ आने वाले महानुभाव जैफ थैकर के भाई और न्यायाधीश मिस्टर थैकर दूर कुस्तुनतुनिया से आए थे और वे दुनिया जहान घूमे हुए अनुभवी आदमी थे।

मिस्टर वाल्टर्स ऊपर से प्रसन्न दीख रहे थे किंतु भीतर ही भीतर वे मुर्झाए हुए से थे। उनकी इच्छा थी कि आज अतिथि के हाथ से उनकी कक्षा में किसी विद्यार्थी को इनाम रूप में बाइबिल दिलाई जाए किंतु किसी भी अच्छे विद्यार्थी के पास इनाम प्राप्त कर सकने लायक पीले टिकट नहीं थे, किसी के पास दो थे तो किसी के पास सिर्फ चार ही टिक्ट थे।

लेकिन पृथ्वी कभी वीरों से खाली तो होती नहीं। मिस्टर वाल्टर्स की आशा जब क्षीण हो गई तो टॉम सायर ने नौ पीले, नौ लाल और दस नीले टिकट निकालकर दिखा दिए और अपना पुरस्कार मांगा। मिस्टर वाल्टर्स तो जैसे आसमान से गिरे। पिछले अनेक बरस से टॉम सायर जैसे किसी लड़के ने इस पुरस्कार के लिए कभी अपनी दावेदारी प्रस्तुत नहीं की थी, इसलिए मिस्टर वाल्टर्स भला उस ओर जाकर पूछने की कोशिश भी करते ही क्यों? जो हो मंच पर से इस समाचार की घोषणा कर डाली गई और देखते ही देखते टॉम सायर सबके आकर्षण का केन्द्र बनकर उभरा। बहुतों को उसके भाग्य से ईर्ष्या हुई और बहुतों को इसलिए आत्मग्लानि हुई कि उन्होंने टॉम सायर के हाथ अपने टिकट बेचे।

टॉम ने पुरस्कार की दावेदारी पेश तो कर दी किंतु जब उसे

पुरस्कार लेते हुए न्यायाधीश से आमने-सामने होना पड़ा तो उसकी सिट्टी-पिट्टी गुम होकर रह गई। शायद इसलिए कि किसी बड़े और प्रतिष्ठित व्यक्ति से उसकी यह पहली मुठभेड़ थी या फिर इसलिए कि वे उसी लड़की के पिता थे जिसके कारण टॉम के दिलों-दिमाग में हलचल मच गई थी। जो हो मिस्टर थैकर ने उसे स्नेह परस देते हुए उसकी प्रशंसा की और फिर उसका नाम पूछा। लेकिन शायद टॉम को इतनी तवज्जो की आशा नहीं थी। किसी तरह उससे महज इतना ही बताया गया-"टॉम!"

'टॉम या टॉमस?"

"टॉमस!"

"वैरी गुड, लेकिन अपना कुल नाम भी तो बताइए"

मिस्टर वाल्टर्स ने सुझाया, "और संबोधन में सर ज़रूर कहिए।"

"टॉम सॉयर, सर!"

"गुड, वैरी गुड इन्डीड! नाईस बॉय!"

न्यायाधीश महोदय ने टॉम की तारीफ तो की ही पुरस्कार रूप में पुस्तक की महत्ता पर भी बहुत कुछ बताया। फिर बाईबिल संबंधी कुछ प्रश्न पूछे लेकिन टॉम मौन ही बना रहा। जिसे वहां उपस्थितों द्वारा टॉम का झेंपूपन समझा गया। टॉम के अलावा केवल एक शख्स और था जो टॉम की अज्ञानता से वाकिफ था वह था-मिस्टर वाल्टर्स जिसके दिल में इस दौरान सचमुच धुकधुकी लगी रही कि टॉम कुछ ऊल-जलूल न बक डाले। उन्हें खीझ हो रही थी कि मिस्टर थैकर टॉम से प्रश्न क्यों पूछ रहे हैं और टॉम अपनी बखिया उधड़ने से बचाने के मक्सद से ही अपनी जुबान सिले हुए था। उसे उस लड़की का लिहाज था।

4

अगले दिन सोमवार था और सोमवार टॉम सॉयर को इसलिए पसंद नहीं आता था कि उस दिन से सप्ताह के पांच दिनों तक स्कूल जाने का सिलसिला शुरू होता था। और स्कूल! स्कूल तो टॉम सायर के लिए वैसे भी किसी यातना घर सरीखा था।

उस दिन तो घर से ही परेशानियां शुरू हुई थीं।

टॉम ने मौसी से दांत दर्द का बहाना बना कर स्कूल से नागा करने का मंसूबा बनाया, लेकिन उस दिन उसका वह झूठ उसकी जान के लिए बवाल बन गया। मौसी ने कहा दांत में दर्द है तो लाओ दांत ही उखाड़े देती हूं और उसके ना नुच करने, दर्द से मुकरने की बात मौसी को मंजूर नहीं हो सकी ओर उन्होंने उसका दांत सचमुच ही उखाड़ डाला।

अब उखाड़ा हुआ उसका दांत भी उसकी सम्पत्ति में शुमार हो गया, गांव के बच्चों के लिए दर्शनीय वस्तु बन गया। घूमते-घूमते टॉम हकिल बरी फिन के पास भी पहुंचा।

हकिल बरी फिन अपने शराबी पिता और अपनी इधर-उधर बेमुहार घूमते रहने की आदत के कारण गांव भर के स्त्री पुरुषों के लिए अवांछनीय बालक था लेकिन अपने बराबर के एक बालकों के लिए वह ईर्ष्या का केन्द्र था। उसका स्कूल न जाना और दिन भर छुट्टा घुमक्कड़ी सारे बालकों की हसद का कारण बनी हुई थी।। टॉम की मौसी हालांकि उसे हकिल बरी की संगत से बरजती रहती थी लेकिन टॉम मौका निकाल हकिल से मिलता रहता था। दोनों में थोड़ा बहुत अनुराग भी था।

उस दिन मरी बिल्ली की बाबत बात चली तो रात को मिलने का करार करने के बाद टॉम देरी से स्कूल पहुंचा।

टॉम जैसे ही कक्षा में घुसा मास्टर साहब ने पुकारा-

"टॉम सायर साहेब, हैं क्या?"

टॉम को काटो तो खून नहीं। इतनी तवज्जो से उसके नाम का पुकारा जाना जरूर किसी विपत्ति की सूचना थी। वह मरे मन से बोला-"जी सर!"

"इधर आइए, और बताइए कि जनाब को आने में देरी किस लिए हो गई?"

"टॉम कोई बहाना गढ़ पाता इसके पहले ही उसकी निगाह उन सुनहरे बालों वाली लहराती चोटियों पर अटक गई और उसने मन ही मन अपने को सज़ा का हकदार ठहराने का निश्चय कर लिया क्योंकि लड़कियों की पंगत में उस लड़की की पास वाली एक सीट खाली पड़ी हुई थी। उसने बड़ी दीदा-दिलेरी के अंदाज में जवाब दिया।

"मैं हकिल बरी फिन के पास गया था, सर!"

"कहां गए थे?" मास्टर साहेब चौंके।

"हकिल बरी फिन से मिलने" टॉम ने निडरता से दुहरा दिया।

"कोई ज़रूरी काम था? स्कूल से भी ज़्यादा ज़रूरी!"

"जी हां, सर!" टॉम बोला, "हम लोगों में एक मरी हुई बिल्ली को लेकर बात हुई और फिर तय हुआ कि रात को कब्रिस्तान में मिलना है।"

सारी कक्षा में हंसी की फौहारें छूट गईं। मास्टर ने चिढ़कर टॉम की पीठ पर बैंतों की बरसात करदी और फिर उसे सजा सुनाई-"जाओ लड़कियों की संगत में बैठो जिससे सही वक्त पर स्कूल आने की बात तुम्हें बिसर न पाए।"

टॉम को और क्या चाहिए था, लड़की ने खिसककर उसके लिए जगह बनादी।

सारी कक्षा पढ़ाई में लग गई। लेकिन टॉम लड़की की ओर निहारता बैठा रहा। लड़की को उसका व्यवहार उस समय और भी अखरा जब टॉम ने उसके सामने एक आड़ू रख दिया। लड़की ने आड़ू को टॉम की ओर सरका दिया। टॉम ने तुरंत ही पुनः उसकी और के आड़ू सरका देने के बाद अपनी स्लेट उसके सामने कर दी जिस पर लिखा हुआ था, 'इसे स्वीकार कर लो, मेरे पास और एक है।' लड़की उसी प्रकार अविचल बैठी रही हां, यह इबारत उसने पढ़ ज़रूर ली थी। थोड़ी देर बाद टॉम अपनी स्लेट पर कुछ बनाने लगा, लड़की ने कुछ देर प्रतीक्षा करते रह लेने के बाद उत्सुकता वश स्लेट देखने की कोशिश की अंत में संकोच त्याग कर फुसफुसाहट भरे स्वर में बोली-"देखूं तो क्या बनाया है?"

टॉम ने मकान का स्केच बनाया था। लड़की ने प्रशंसा की और उसी में एक आदमी भी बना डालने का कहा। कलाकार ने आज्ञा पालन करते हुए आदमी भी चित्रित कर डाला। लड़की ने स्वाभाविक मुद्रा अपनाकर कहा-"सुंदर! अब इसमें मुझे बनाना।"

टॉम ने नारी आकृति अंकित कर डाली इतना ही नहीं उसे पंखा झलने की मुद्रा भी प्रदान कर डाली।

"तुम तो वाकई कलाकार भी हो," लड़की बोली, "मुझे आर्ट नहीं आती।"

"सीखना चाहोगी?" टॉम ने भरोसा दिलाया, "मुझसे सीख सकती हो।"

"मुझे सिखा सकोगे?"

"हां, लेकिन तुम तो शायद दिन में खाना खाने जाती होगी?"

"नहीं जाऊंगी।"

"रुकी रह सकोगी तो ठीक है! लेकिन अपना नाम भी तो बताओ?"

"मैं बेकी थैकर हूं! और तुम्हारा नाम टॉम सायर है न?" लड़की बोली, "मैंने कल ही जान लिया था जब तुम्हें पुरस्कृत किया गया था, मैं वहीं थी।"

"मुझे अपना पूरा नाम सुनना नहीं सुहाता। जिन्हें मेरे औगुन गिनवाने होते हैं वे ही मुझे पूरे नाम से पुकारते हैं। मुझे चाहने वाले सब मुझे टॉम ही कहते हैं, तुम भी वही कहना, "टॉम कहोगी न?"

"ठीक है!"

टॉम के हाथ फिर कुछ लिखने को कुलबुलाए। उसकी स्लेट छिपाने की कोशिश ने बेकी को उत्सुक बना दिया, बोली-

"दिखाओ तो और क्या लिखा है?"

टॉम ने ना-नुकर करते रहने के बाद वादा लिया-"किसी से कह तो न दोगी?"

"नहीं, बिल्कुल नहीं," लड़की बोली, "अब दिखाओ?"

"नहीं तुम्हें शायद पसंद नहीं आएगा।"

लड़की अड़ गई, बोली "दिखाओ तो सही।"

टॉम में कोई हरकत नहीं हुई। लड़की ने नथुने फुलाए और स्लेट छीनने की कोशिश सी करती बोली-"दिखाते हो या नहीं?"

टॉम ने धीरे-धीरे एक-एक शब्द से हाथ हटाया। बेकी की आंखों के सामने स्लेट की सारी इबारत स्पष्ट हुई-"नाइस गर्ल, मैं तुम्हारा मुरीद हूं?"

"धुत! शैतान कहीं के!" लड़की ने हौले से टॉम के हाथ को

टहोका सा लगाते हुए परे हटा दिया और अपना रुमाल निकालकर मुख पर उभर आई ललाई को छिपाने की असफल कोशिश की।

लेकिन टॉम को लगा जैसे उसे स्वर्ग से निकाला जा रहा हो। मास्टर साहेब ने उसका कान उमेठते हुए ले जाकर जैन्ट्स पंगत में बिठाल दिया-"यहां बैठ!" अब टॉम का ध्यान पुस्तक में नहीं लगा। कुलांचे मारता रहा। आज पढ़ाई भले ही नहीं हो सकी लेकिन एक लड़की से दोस्ती का पाठ ज़रूर पूरा कर लिया गया।

कक्षा खत्म होते ही, टॉम पुराने दोस्तों से बचते हुए बेकी के पास पहुंच गया। अब वह हवा में उड़ रहा था; बाग-बाग होकर पूछ बैठाः "तुम चूहों को नाचते देखोगी?"

"मुझे चूहों से एलर्जी है।"

"चूहे मुझे ही कहां पसंद हैं?" टॉम ने बात स्पष्ट की,

"हम लोग मरे हुए चूहे की पूंछ में डोर बांध कर नचाया करते हैं।"

"मुझे तो इस ख्याल से ही घिन है," बेकी ने मुंह बनाया, "मैं तो च्यूइंगम की शौकीन हूं।"

"च्यूइंगम मैं भी पसंद करता हूं, लेकिन इस वक्त है तो नहीं!"

"मैं दे सकती हूं लेकिन...?"

"लेकिन क्या? दे दो।"

"एक ही है, थोड़ा सा चूंस कर वापस दे देना होगा," लड़की बोली, "मंजूर?"

"मंजूर!"

दोनों खिल उठे। बेकी ने च्यूइंगम निकाल कर दिया जिसे क्रम से दोनों ने चूंसा। टॉम ने ही सर्कस के बाबत पूछा, "कभी देखा?"

"क्यों नहीं, पापा फिर ले जाएंगे।"

"मैं भी देख चुका हूं।...मेरा मन तो सर्कस में जोकर बनने का है।"

"अच्छा! सचमुच बड़ा मजा रहेगा।"

"बिल्कुल...और इस काम में कमाई भी खूब है।...रोज एक डालर!" थोड़ी देर मन ही मन किसी ख्याल से उलझते रहने के बाद अंततः टॉम बोला-"अच्छा जो पूंछू बताओगी? तुम्हारी सगाई हो गई?"

"सगाई क्या होती है?"

"मतलब नहीं हुई! सगाई यानी शादी तय होना। समझ गई।"

"समझ गई, अभी नहीं हुई! क्यों?"

"हम करें?"

"कैसे की जाती है?"

"मुश्किल थोड़े ही है। लड़की लड़के से बचन भरती है, वह उसके सिवा किसी अन्य से शादी नहीं करेगी।"

"सब ऐसा ही करते हैं।"

"बेशक, जिन्हें एक दूसरे से प्यार होता है, वे सब ऐसे वचनों से बंधते हैं। भूल गई क्या, मेरी स्लेट पर तुमने पढ़ा तो था?"

"भूल नहीं गई, याद है!"

"जरा बताओं तो क्या लिखा था?"

"क्यों बताऊं?"

"तो मैं बताऊंगा!"

"बता देना, लेकिन अब नहीं, फिर किसी दिन।"

"न, आज ही, और अभी।"

"न, कल!"

"टालो मत बेकी, मान जाओ, बस कान में ही तो कहना है।"

बेकी इधर-उधर ताकने लगी। उसके मौन में उसकी हां पढ़कर टॉम ने उसके कान के पास मुंह ले जाकर वही सब उच्चार दिया जो स्लेट पर लिखा था और फिर अपना कान उसके मुंह के सामने करके कहने लगा-""अब तुम भी इसे दोहराओ।"

लेकिन बेकी को उसका सुझाया ढंग पसंद नहीं आया।

बोली-"यूं नहीं, पहले तुम अपना मुंह दूसरी तरफ फिराओ तब कहूंगी। लेकिन तुम किसी को बता तो न दोगे?"

"बिल्कुल नहीं यह मेरी तुम्हारी बात है, किसी से क्यों कहूंगा।"

उसने अपना मुंह फिरा लिया। बेकी ने वह बात एक सांस में कह डाली और दूर भाग गई। पीछे-पीछे टॉम भी भागा। थक हार कर बेकी थम गई। उसे शर्म आ रही थी। टॉम ने उसे भरोसा दिया-"बस बेकी अब हमारा-तुम्हारा साथ पक्का हो गया। अब मेरे सिवा तुम किसी और से कोई मतलब नहीं रखोगी ओर न किसी दूसरे से शादी ही करोगी।"

"ठीक है, तुम भी इसी शर्त से बंधे रहना टॉम।"

"बिल्कुल!" टॉम बोला, " और अब हम स्कूल भी साथ ही आया-जाया करेंगे?"

"फिर तो सचमुच ही आनंद आएगा। यह तो बड़ी बढ़िया बात रहेगी।"

"और क्या!...मैं और एमी लारेन्स भी" और फिर उसने खुद अपनी जीभ दांतों तले दबा ली...गोया कोई भूल कर डाली हो। बेकी बिफर पड़ी-"तो मुझसे पहले तुम्हारी दोस्ती एमी लारेन्स से थी।

बेकी की आंखों में आंसू छलक आए। इसके बाद का टॉम का

सारा कहना-सुनना या पीतल के मुठ्ठे जैसी भेंट देने की पेशकश बेअसर रही। बेकी द्वारा पीतल का मुठ्ठा दूर फैंक देने के बाद टॉम ने वहां रुकना उचित नहीं समझा और उसने पहाड़ियों का रुख किया तो बेकी अज्ञात आशंका से भयभीत होकर दरवाजे तक भी दौड़ी, खेल के मैदान में भी गई परंतु टॉम का पता नहीं चला, हैरान सी होकर उसने पुकारा-"लौट आओ टॉम।"

5

टॉम के अचानक दृश्य से बाहर निकल चलने से बेकी परेशान होकर रो पड़ी लेकिन इससे यह अंदाजा कतई नहीं निकाला जा सकता कि टॉम भी अपना पासा उलट जाने से उतना ही दुखी हुआ। अरअस्ल ऐसा परिणाम केवल कथा-कहानियों और किस्सों की किताबों या रोमानी फिल्मों में ही घटित होता है, वास्तविक जीवन के नायक ऐसे कई उतार-चढ़ावों के फेर में आ जाने के बाद भी जीवन की स्वाभाविकता से अलग नहीं हट पाते।

टॉम दिन भर इधर-उधर घूमता रहा-सांझ ढलते ही खाना निबटा कर सिड के साथ-साथ नित्य नियमानुसार सोने के कमरे मे जाकर अपने बिस्तर पर भी पड़ रहा लेकिन उस समय उसके मन को कोई बेकरारी नहीं थी बल्कि इंतजार था हकिल बरी के आने का जिसके लिए उसने सुबह सवेरे ही वादा किया था कि रात हो जाने पर वह मरी हुई बिल्ली लेकर आएगा जिसे लेकर दोनों कब्रिस्तान तक जाएंगे।

हकिल बरी अपने वायदे के अनुसार आया और जैसे ही उसने

टॉम को बुलाने के लिए खिड़की के बाहर खड़े होकर म्याऊं-म्याऊं की आवाज़ निकाली, टॉम झटपट खिड़की के रास्ते घर के बाहर।

वे दोनों कब्रिस्तान में इतने धीमे और दबे पांव चल रहे थे गोया उन्हें अपने पैरों की आवाज़ से मुर्दों के कब्र से जाग कर बाहर निकलने का अंदेशा सता रहा था। ये धीमी आवाज़ में ही बोल बतला रहे थे क्योंकि उनका सारा वुजूद अंधकार ओर सन्नाटे से प्रभावित था।

एकाएक टॉम ने हकिल बरी से चिकोटी काटी-फुसफुसाहट भरे स्वर में बोला-"यह आवाज़ें सुनीं?"

"हां, सुन रहा हूं," हकिलबरी बोला, "पता नहीं, कैसी हैं?"

"ध्यान दो," टॉम धीमे से बोला, "सुनाई दीं?"

"हां...सुनी!"

"क्या समझे, फिर आईं?"

"बुरे फंसे भाई...ये आवाज़ें और निकट होती आ रही हैं!" हकिल बरी की आवाज़ कंपकंपाने लगी, "अब क्या होगा?"

"होगा क्या ये आवाज़ें जिन की भी हैं, उन्हें अपने से फुर्सत मिलेगी तो उनका ध्यान हमारी ओर जाएगा," टॉम बोला, " हम उनके काम में रोड़ा अटकाने तो आए नहीं हैं, वे हमें नुकसान नहीं पहुंचाएंगी। बस दम साधे यहीं कहीं ओट लेकर बैठे रहो। और क्या...?"

"मेरा तो दिल घबरा रहा है, टॉम,! ये लोग भूत हैं शायद।" हकिल बरी बोला।

"ठहरो, ठहरो!"

उन दोनों ने दड़ साध ली।

"देख रहे हो?" टॉम फुसफुसाया, "उधर आवाज़ हुई हैं!"

"हां, भूतों ने शायद आग जलाई है! भई मेरी तो जान निकल रही है!"

टॉम ने आंखें मींडते हुए उसी ओर देखा, तीन आकृतियां थी, एक ने लालटेन थामी हुई थी और लालटेन हिलने-डुलने के साथ उसकी लौ भी फड़फड़ाती हुई सी दिखती थी।

"अब यकीन हो गया टॉम ये भूत हैं, भाई तीन-तीन भूतों से हम कैसे बच पाएंगे, आज हम मारे गए। क्या करें, कोई प्रार्थना उच्चारें?"

"तू बेकार डर रहा है हकिल! भूत कभी आग के समीप नहीं फटक़ते। अग्नि पवित्र होती है! मुझे समझने दे।"

"अरे!"

"क्यों अब क्या हुआ?"

"तू ठीक कहता है टॉम, ये भूत नहीं हैं, इनमें कम से कम एक को तो मैं पहचान गया हूं। आवाज से वह पॉटर लग रहा है।"

"अच्छा!"

"हां, और अब तनिक चुप रहो। वह हमें नहीं देख सकता।"

"इस वक्त तो उसे अपना भी होश नहीं है, देखो न उसके कदम कैसे डगमगा रहे हैं!"

"हां, अरे हकिल यह दूसरी आवाज़ इंजुन जोय की सी है"... टॉम बोला, "चेहरा दीख गया न?"

"हां पहचान गया। लेकिन यह बदमाश यहां इस समय क्यों आया है?"

अब दोनों को दम साध लेना पड़ा। वे तीनों उसी स्थान पर पहुंच कर रुक गए जहां वे दोनो छिपे हुए थे।

"बस इसी कब्र को खोदना है!" यह तीसरी आवाज थी और

जब लालटेन तनिक ऊपर उठी तो उसका चेहरा भीं पहचान में आ-गया-"डाक्टर!"

पॉटर और इंजुन ने साथ लाए हुए ठेले पर से रस्सी और फावड़े उतारे और कब्र की खुदाई शुरू कर दी। डॉक्टर रॉबिन्सन लालटेन एक ओर रख वहीं एक वृक्ष से कमर लगाकर बैठ गया। पेड़ के दूसरी ओर लड़के सांस रोके पड़े रहे।

"तेज़ी से हाथ चलाओ!" धीमी आवाज़ में डाक्टर ने आदेश दिया, " चांद बस निकलने ही वाला है! चांदनी होने से सारा गुड़ गोबर हो जाएगा।"

वे दोनों आदेशात्मक टोन से थोड़ा झुंझलाए, कुड़मुड़ाए लेकिन खुदाई चलती रही। अब सिवाय फावड़े जमीन से टकराने से पैदा होने वाली आवाज़ के कुछ और सुनाई नहीं दे रहा था। आखिरकार खुदाई पूरी हुई, फावड़ा किसी खोखली चीज से टकराया और दोनों ने फावड़े रख कर हाथों से मिट्टी उठाकर एक ओर फैंकी और ताबूत बाहर खींच निकाला। फिर बड़ी सावधानी से ताबूत का ढकना उखाड़ा गया और भीतर से एक लाश निकाल कर ठेले पर रखी। लाश को अच्छी तरह कंबल से ढांप देने के बाद लाश को ठेले से बांधा गया। पॉटर ने अब अपनी जेब से चाकू निकाला और इधर-उधर लटक रही रस्सी के फालतू सिरों को काट डाला और हाथ झाड़ते हुए डॉक्टर के सामने आ खड़ा हुआ।

"आपका यह मनहूस काम हो गया। तसल्ली कर लें और फटाफट पांच डालर की रकम हमारे हवाले करदें, नहीं तो हम चले!"

"हां जरा जल्दी करो।" इंजुन जोय ने भी गिरह लगाई।"

"क्यों?" डॉक्टर की आवाज़ में तुर्सी झलकी, "अपनी मजदूरी

तो तुम लोग पहले ही ले चुके हो।''

''हां, मगर यह राज को राज रखने के पैसे मांग रहे हैं, लाओ देर मत करो, हीलो-हुज्जत करोगे तो यह ठेला यहीं रह जाएगा।''

डाक्टर ने उसको समझाया-''यह तो मौके से फायदा उठाने की कोशिश कर रहे हो तुम लोग।''

''कतई नहीं, हम वाजिब ही मांग रहे हैं। मौके से फायदा तो तुम बड़े लोग उठाया करते हो, याद है...'' इंजुन जोय ने हाथ नचाते हुए डॉक्टर से कहा, ''पांचेक साल पहले तुमने क्या किया था? मैं अपने बुरे वक्त में तुमसे खाना मांगने की भूल कर बैठा था। तो तुम्हारे बाप ने कैसे-कैसे अपशब्द बोले थे और मुझे आवारा बताकर जेल भिजवा दिया। और मुझसे सम्मानित ढंग से जीने का मेरा अधिकार सदा के लिए मुझ से दूर ठेल दिया था। तुम समझते होगे मैं उस सदमे से उबर चुका हूं...न, कतई नहीं भूला मैं...मैं तो तभी से ठाने बैठा हूं कि तुमसे तुम्हारे सुखी जीवन को छीनूंगा ज़रूर। तुम समझोगे इंजुन की नसों में ख़ून नहीं, पानी है! अभी तो वह मौका आया है जब लोग जानेंगे कि सम्मानित डॉक्टर राबिन्सन लाशों का क्या करते हैं....''

इंजुन की बात पूरी होने के पहले ही आपा खो बैठे डाक्टर ने उस पर हाथ चला दिया। इंजुन धक्का बरदास्त नहीं कर पाने के कारण जमीन पर गिर गया। अब पॉटर सामने हुआ।

''ए डॉक्टर होश में आओ! इसे अकेला मत समझना, मैं भी हूं। चलो हटो! वरना, अंजाम ठीक न होगा।'' उसने चाकू संभाला।''

लेकिन डॉक्टर के लिए अपने को रोक पाना मुश्किल था उसने पॉटर को भी दो हाथ जड़ दिए। अब दोनों में जुत्थम-जुत्था शुरू होने से कभी डॉक्टर शेर तो कभी-पॉटर उस पर जबर नज़र आने

लगा। इस बीच इंजुन भी उठ खड़ा हुआ। उसके हाथ में पॉटर का चाकू आ गया। उधर डॉक्टर ने विलियम की कब्र का हैडबोर्ड उखाड़ा और पॉटर के सिर पर मार दिया-फटॉक! पॉटर जमीन पर गिरा। डॉक्टर जैसे ही मुड़ने को हुआ, इंजुन उसके सामने था। इंजुन का हाथ हरकत में आया और चाकू डॉक्टर के सीनें में आर-पार! डॉक्टर पॉटर के ऊपर ही गिर पड़ा। पॉटर उसके खून से नहा गया।

टॉम और हकिल बरी मुश्किल से ही अपनी चीख रोक पाए। दम साधे जमीन पर पड़े रहे। डॉक्टर के शरीर में एक दो बार फुरफुरी सी आकर फिर एक दम शांत हो गया।

इंजुन ने जमीन पर थूका-"मिट गई हुमहुमी!" और फिर उसने डॉक्टर की जेबें खखोड़ कर सारा सब कुछ अपना बना लिया लेकिन डॉक्टर की लाश से निकाला गया चाकू उसने बेहोश पॉटर के खुले हुए दाहिने हाथ में थमा कर उसकी अंगुलियां इस प्रकार मोड़ दी जैसे चाकू उसी ने पकड़ रखा हो-"ले यह चाकू तेरा था, इस पर मेरा हक नहीं है।" बस इतना ही कहा इंजुन ने।

अब पॉटर को होश आने लगा था। वह हड़बड़ा कर उठा जिससे उसके ऊपर पड़ी डॉक्टर की लाश उससे अलग छिटक गई। खून सने चाकू को अपने हाथ में देखकर उसकी चीख निकल गई। हैरान होकर वह इंजुन से बोला-"यह कैसे मरा जोय?" और फिर पूछा-"और मेरे चाकू पर यह खून कैसा?"

"घबराओं मत पॉटर," इंजुन बोला, "यह तुम्हारे चाकू से मरा है, और चाकू पर यह खून इसी का है?"

पॉटर थर्रा गया और चाकू उसके हाथ से छूट गया। "मगर मैंने तो चाकू हाथ में लेकर महज उसे डराया था," पॉटर बोला,

''मैंने चाकू चलाया ही नहीं था। मैं तो उसके वार से भन्ना कर गिर पड़ा था, मेरे भाई!''

''लेकिन मैं तुम्हें क्या बताऊं,'' इंजुन बोला, ''चाकू तो तुम्हारा ही था न?''

''मगर मैं उसे क्यों मारूंगा भला?'' पॉटर रोने लगा, ''कुछ समझ में नहीं आता।''

''झगड़ा तुम्हीं ने शुरू किया था या नहीं, याद करो-लेकिन तुम्हें याद कैसा आएगा, तुम पर तो शराब का नशा सवार था।''

''लेकिन...तुम सच कह रहे हो जोय?''

''और क्या,'' इंजुन ने हामी भरी, ''मैं झूंठ क्यों कहूंगा। पहले उसने मुझे धकियाकर दूर फैंक दिया था, फिर तुम पर वार किया, तुम गिरे और फिर उठे और चाकू से...लेकिन, यह खून तुम से हुआ है तो हुआ है...मेरे अलावा किसी और ने तो कुछ देखा नहीं है, मैं तुम्हारी दोस्ती में इतना तो कर ही सकता हूं कि अदालत में जाकर इस गवाही से मुकर जाऊं? बोलो और क्या चाहते हो?''

पॉटर फफक-फफक कर रो उठा। वह बोला-''मेरी समझ में अभी भी यह कतई नहीं आ रहा है कि मुझसे यह खून हुआ है। क्या सचमुच मैं शराब में इतना धुत्त हो गया था....लेकिन अब अगर सचमुच हमारी दोस्ती में दम है तो तुम मुझे बचाओ मेरे भाई-मैं तुम्हारे हाथ जोड़ता हूं।

और इंजुन ने वादा कर लिया कि वह इस बाबत किसी से कुछ भी नहीं कहेगा।

टॉम और हकिल बरी धीमे-धीमे वहां से सरक आए। दोनों गांव पहुंचकर सुस्ताने बैठे तो ख्याल आया उनके सामने ही इंजुन जोय से डॉक्टर राबिन्सन का खून हुआ है लेकिन हम इसे बता

कैसे सकेंगे। मुकदमें में आए किसी पेंच से हमारी गवाही नाकाफी मान ली गई तो जोय हमें छोड़ेगा नहीं इसलिए दोनों ने ही इस मामले में चुप्प रहने की प्रतिज्ञाएं की।

दूसरे दिन जब गांव में डॉक्टर की मृत्यु की खबर फैली और सब लोग लाश देखने कब्रिस्तान पहुंचे उनमें टॉम और हकिल बरी भी थे लेकिन जब वहां इंजुन जोय को उन्होंने आजाद घूमते देखा तो उनके होश उड़ गए। "यह आजाद क्यों है?" दोनों ने एक दूसरे से निगाहों-निगाहों में पूछा।

वहां जांच कार्य करने के लिए अधिकारी भी मौजूद थे तभी वहां पॉटर पहुंच गया। उसको देखते ही भीड़ चिल्लाई-"यही तो है पॉटर!"

पॉटर पकड़ लिया गया। रोते फफकते वह बोला-"यह काम मेरा नहीं है, भाइयों। मेरा यकीन करो, मैं कातिल नहीं हूं!"

"हां, तुम होश में कहां थे, तुम्हें तो यह भी मालूम नहीं कि यह चाकू तुम्हारा है?" इंजुन बोला तो पॉटर रो पड़ा और बोला-"इंजुन तुम और यह वादा खिलाफी?"

शेरिफ ने उसे चाकू दिखाकर पूछा-"तुम्हारा है?"

"हां," जमीन पर धम से बैठ जाने के बाद पॉटर ने हामी भरी, "बदकिस्मती से लेकिन मैंने इसका इस्तेमाल नहीं किया।"

और फिर बड़ी आजिजी से इंजुन से बोला-"जोय सच-सच बता दो इन्हें कि अपराधी मैं नहीं हूं।"

इंजुन बता चुका था कि पॉटर ने ही डॉक्टर राबिन्सन का खून किया था। उसे शपथ लेकर झूठ बोलता देख टॉम और हकिल बरी तो जैसे आसमान से गिरे।

"इसने तो दोस्ती की कसम खाई थी!" दोनों एक साथ बोले।

6

भय मनुष्य को कायर बनाता है, लेकिन भयभीत व्यक्ति प्रेम भी नहीं कर सकता। प्रेम करना खाला का घर नहीं है, सिर काट कर हथेली पर धर देने की उद्यतता प्रेमी में होनी चाहिए नहीं तो उसके बांट केवल असफ लता ही आएगी।

टॉम प्रेम करता था, सहृदय भी था किंतु असाहसी होकर सत्य की रक्षा हेतु हिचकते हुए देखता रह गया था। कब्रिस्तान की घटना और अपनी कायरता टॉम को भीतर ही भीतर कचोट रही थी। पॉटर से उसका कोई सीधा संबंध कतई नहीं था। परंतु बेकसूर होते हुए जिस प्रकार वह खून के आरोप में फंसा था वह टॉम को परेशान कर गया था। बार-बार उसका मन उससे कहता कि उस खून का भेद किसी से न कहने की अपनी प्रतिज्ञा को बिसार कर सच्ची बात सब पर उजागर कर डाल परंतु तभी उसके ख्यालों में इंजुन जोय चाकू लहराता दिखाई देने लग जाता और वह मन की कचोट को भूल जाता।

मन की इसी हलचल और कुछ न कर पाने की अपनी मजबूरी को सोचत-सोचते उसकी आंखों से नींद गायब हो गई। मस्तिष्क हर समय तनाव झेलता रहता। मौके-बे-मौके की बड़बड़ाहट से धीरे-धीरे उसका स्वास्थ्य गिरने लगा जिससे उसकी मौसी भी बेचैन रहने लगी।

टॉम की बेचैनी में इधर एक और कारण से भी बढ़ोतरी हुई थी, बेकी थैकर भी बीमार रहने के कारण स्कूल से गैरहाजिर रहने

लगी थी। टॉम ने उसे अपने मन से बिसराने की हरचंद कोशिश की थी, पर इसमें उसे सफलता नहीं मिली थी। अपनी बेध्यानी में जब-तब वह बेकी के घर जाने वाली राह पर हो लेता और बेमतलब चक्कर काटता रहता। उसे इस ख्याल ने और भी डरा दिया था कहीं बेकी मर गई तो...और वह व्याकुल होकर सिर पीटने लग जाता।

पहले वह कभी-कभी बहुत रोमानी सपने देखा करता था कि वह एक योद्धा बनेगा और उसकी यह कल्पना भी थी कि वह अपना एक डाकू दल बनाएगा। लेकिन अब चूंकि उसे यह भी अहसास होने लगा कि वह साहसी नहीं है इसलिए डाकूगीरी की बातों की तरफ से उसका मन हट चला था। उसके स्कूल की साथिन भी उससे मुंह फिरा चुकी है। इस प्रकार उसकी खुशियों का अंत ही हो गया है इसलिए उसका मन खेल-कूद से भी उचट चुका था। उसकी मौसी उसके लिए तमाम-तमाम तरह की दवा गोली कर चुकी थी पर उसकी हालत सुधरने का नाम ही नहीं ले रही थी।

टॉम स्कूल का वक्त होने के बहुत पहले वहां पहुंचता और बेकी की राह देखता हुआ सा बाहर फाटक पर खड़ा रह जाता। उसके सहपाठी वहीं उससे बतियाने को अगर रुकते भी तो उसकी खाली-खाली निगाहें उन्हें भयभीत बनाकर वहां से विदा कर डालती।

उस दिन टॉम ने फाटक के बाहर खड़े-खड़े बेकी को स्कूल आते देख लिया तो उसके दिलो-दिमाग में ताजगी की एक लहर सी दौड़ गई। ऐसा लगा जैसे उसका सब्र का बांध टूट गया और उसने एकाएक अपनी ओर उसका ध्यान खींचने के लिए कई एक अजीब-अजीब सी हरकतें कर डालीं। लेकिन बेकी को उसका यह

रवैया कतई पसंद नहीं आया और बेरुखी दिखाते हुए अपना मुंह दूसरी ओर फिरा कर वह बड़बडाई-"बंदरों को आदमी में बदलते तो सुना था, यहां आदमी से बंदर बने जा रहे हैं, स्टुपिड!" टॉम ने खुद यह सुना।

टॉम जैसे आसमान से गिरा! दुःख और निराशा के गहरे आवेग में उसने फटाफट अपने भविष्य के संबंध में निर्णय ले डाला! संसार में उसका अपना कोई नहीं है, जो कल तलक उसके थे, वे मुंह फिरा कर अपने रास्ते हो लिए हैं तो वह क्या करे? कहां जाए? अकेला रहकर जीवन भी भला कोई जीवन होगा? उसने तो चाहा था कि वह अच्छी राह चले लेकिन दुनिया वालों को उसे सुच्ची राह पर देखना नहीं सुहा रहा तो यही सही अब वह अपनी पुरानी डगर पर ही बढ़ेगा! तभी स्कूल का घंटा बज उठा। उसका मन रो उठा। आंसू ढुलक कर गालों पर आ रहे! आह, उसने सोचा, घंटे के इस चिर परिचित नाद को अब वह फिर कभी नहीं सुन सकेगा। अच्छा विदा, विदा मेरे प्यारे हमेशा के लिए मैं तुझसे दूर हो जाऊंगा जहां समय की ऐसी कोई पाबंदी नहीं होगी।

वह मुड़ने ही वाला था कि जोय हॉरपर वहां आ पहुंचा। टॉम ने उसे अपनी सारी दुःख गाथा कह डाली और फिर चाहत प्रकट की-"अपने इस अभागे दोस्त को कभी-कभी याद करते समय इतना ज़रूर कह दिया करना कि अस्ल में वह उतना बुरा नहीं था, जितना उसे समझ लिया गया।..."

टॉम को एक झटका तब लगा जब जोय हॉरपर ने उससे अपनी बात बताई-"असल में तो मैं भी तुम से विदा लेने ही आया था। मैं अब अपने घर में नहीं रहना चाहूंगा। मेरी मां ने मुझे क्रीम पी जाने की झूठी तोहमत लगा कर पीटा है। जहां सच की छानबीन करके

उसे पाने की कोशिश न की जाए, सच का यकीन नहीं हो, वहां रहना बेकार है।"

"अरे!" टॉम बोला, "चलो दोनों साथ चलते हैं। हम दोनों एक ही डालके पंछी हैं, हम दोनों का लक्ष्य एक ही है, खूब पटेगी।"

इन दोनों अनाम पथ के यात्रियों ने खुलकर सलाह-मश्विरा किया-जोय का कहीं वीरान स्थान पर सादी सी झोंपडी बनाकर बाकी का जीवन वहीं बिता देने का संकल्प था तो टॉम का इरादा नाउम्मीदों की उम्मीद पूरी कराने के लिए डाकू जीवन अपनाने का निकला। अंत में दोनों के बीच डाकू जीवन अपनाने पर सहमती बन गई और वे अपने गिरोह की संख्या बढ़ाने के लिए तीसरे सदस्य की तलाश में निकले।

थोड़ी देर बाद जब इन दोनों ने हकिल बरी के सामने डाकू जीवन की महिमा बखानी तो वह भी फौरन तैयार होकर इनके साथ चल पड़ा।

इन तीनों ने डाकुओं के बारे में जो साहसिक कथाएं जब-तब सुनी थी सब में ही डाकुओं के अपने छिपकर रहने के अड्डों के बारे में बड़ी रंगी-पुती बातें सुनी थी। वे जान चुके थे कि डाकू अक्सर आम आदमियों के लिए सहज सुलभ रास्तों से अलग हटकर अपने अड्डे बनाया करते हैं इसलिए इन्होंने भी आनन-फानन में अपने लिए एक पनाह गाह का चुनाव कर डाला।

इन्होंने तय किया कि वे सैन्ट पीटर्स बर्ग से मीलों दूर मिसीसिपी नदी के मील भर चौड़े पाट से लगे हुए टापू पर बसेरा बनाएंगे जो अभी तक गैरआबाद है। और जब निर्णय के मुताबिक तीनों आधी रात के समय आमने-सामने हुए तो तीनों की संज्ञाए भी बदल चुकी थीं। सब ने नए नाम अखित्यार कर लिए थे।

एक ने पूछा-"नाम बताओ, कौन हो?"

"टॉम सॉयर, स्पेन का काला जलदस्यु! और तुम?"

"मैं खूनी कहर ढाने वाला हकिल बरी फिन!"

"समुद्री तूफ़ान जोय हॉरपर!"

तीनों खुले में आकर मिले। अब तीनों मिलकर तख्तों का बना एक बेड़ा खींच लाए। नाविक बेड़े पर धीमे-धीमे सुलगती सिगड़ी छोड़कर अपने-अपने घरों को चले गए थे इसलिए बेड़ा हथियाने में उन्हें कोई दिक्कत पेश नहीं आई। तीनों ने बेड़े पर सवार हो जाने के बाद रस्सा खोल डाला और बेड़े को खेते हुए धार में ले जाकर छोड़ दिया। अब बेड़ा खुद-ब-खुद लहरों के सहारे बह निकला। रात दो बजे उन्होंने बेड़े को जैक्सन टापू के रेतीले तट पर रोका और मिलजुल कर अपना सारा सामान भी उतार लिया। अब वे यहीं रहा करेंगे। इसलिए बेड़े पर पड़ी पुरानी बरसाती को झाड़ी के सहारे अटका कर एक अजीब से तंबू की शक्ल दे डाली गई जिसमें उनका सारा सामान आ गया।

रात में खुले आसमान के नीचे आग पर मांस भूना गया और खाते-खाते वहीं घास पर लेटे-लेटे गप-शप होने लगी।

"हमारे और साथी हमें यहां यूं बैठकर खाते-पीते देखें तो क्या सोचेंगे?" हकिल ने आसमान की ओर निहारते हुए कहा।

"सोचेंगे क्या", जोय हॉरपर एकदम उठकर बैठ गया और जमीन पर हाथ मारते हुए बोला, "हमारे ये ठाठ देखकर वे ईर्ष्या से भुनकर रह जाएंगे हकिल। उन्हें ऐसा स्थान मिलेगा कहां मेरे भाई!"

"मुझे भी यही लगता है," हकिल बोला, "अब हम ठीक जगह आ पहुंचे है, इससे ज्यादा और चाहिए भी क्या?"

"और यहां दिक्कत भी क्या होनी है?" टॉम हंसते हुए बोला, "न सुबह, सवेरे कोई नींद तुड़वाएगा और न स्कूल जाने के तगादों के लट्ठ झेलने होंगे। मर्जी हो नहाओ, मर्जी हो टाल कर जाओ...।"

हकिल बरी ने बटुआ खोलकर पाईप निकाला और उसमें तम्बाकू भरने के बाद चिंगारी दिखाई। कश पर कश खींचने से धुएं के छल्ले हवा में उड़ने लगे। दोनों डाकू हैरत से उसे ताकते रहे फिर टॉम बोला-"इसका तम्बाकू यहां जंगल में कहां मिलेगा? खत्म हो जाने पर कैसे पिओगे?"

"नहीं पियूंगा, और क्या?" हकिल ने कह दिया।

"तो फिर इसे छोड़ ही दो," जोय बोला, "आज और अभी से!"

"मान लिया...लो।" हकिल ने पूछा-"अच्छे डाकू पाईप नहीं पीते?"

"नहीं," जोय बोला, "वे आदमियों जैसी किसी भी आदत के गुलाम नहीं रहते। संसार के कायदे-कानूनों को बिसराकर ही तो डाकू बना जाता है।"

"अच्छा जी!" टॉम ने फ़िकरा कसा, "तुम तो बड़ी लाजवाब बात कहते हो?"

"दरअसल मैं साधु जीवन बिताने की मुराद लेकर घर से निकला था। लेकिन साधु या फ़कीरों के सामने उनका अपना सुधार ही मुख्य मसला रहता है जबकि आदमी सब जगह समाज से जुड़ाव पसंद करता रहता है। इसलिए ही तो मैं डाकू बनने पर सहमत हो गया।"

"अच्छा!" हकिल ने ही फिर पूछा, "लेकिन डाकू करते क्या हैं?"

"वे क्या करते हैं?...मुनाफ़ा कमाने की गरज से व्यापारियों के माल को ढो कर ले जाने वाले जहाज लूटकर उन्हें जला डालना और क्या! लूटे गए धन को लेजाकर किसी गुप्त स्थान में दबा देना जहां उस धन की रखवाली भूत-प्रेत किया करते हैं। जहाज पर सवार मुनाफाखोरों को जान से मार देना ही उनका काम होता है।" टॉम ने अपनी जानकारी बताई।

"और जहाजों पर मिली औरतों को क्या वे अपने साथ द्वीप पर ले आते हैं या उन्हें भी मार डालते हैं?" जोय ने जानना चाहा।

"नहीं वे औरतों को नुकसान नहीं पहुंचाते, क्योंकि वे सुंदर होती हैं।"

"उनके कपड़ों में हीरे जवाहरात भी तो टके रहते हैं न?" जोय ने पूछा

"किनके?" हकिल ने पूछा, "किनके कपड़ों में, जरा बताओ तो?"

"डाकुओं के, और किनके!"

हकिल ने निराशा से अपने फटे-पुराने कपड़े निहारे और हताशा भरी आवाज में बोला, "मेरे पास तो डाकुओं जैसे कपड़े नहीं हैं, और कपड़े घर में भी तो नहीं थे।"

"घबराते क्यों हो, काम शुरू तो हो जाने दो..."

"पहली डकैती से ही कपड़ों का ढेर न लग जाए तो कहना!"

दोनों ने हकिल को समझाया और फिर धीरे-धीरे वे नींद के प्रभाव में ग ाफिल होकर वहां घास पर ही लुढ़क गए।

सवेरे सबसे पहले टॉम जागा। पहले कुछ देर तक तो वह समझा ही नहीं...कि वह कहां है। हैरान होकर उसने जब अपने दोनों साथियों

को देखा तो उसे सब कुछ समझ में आ गया। दोनों के जाग जाने पर वे लोग नदी की ओर गए लकड़ी का बेड़ा अब किनारे पर नहीं था। रात में लहरें किनारे पर चढ़ आई होंगी और लौटते हुए बेड़े को भी साथ बहा ले गईं होंगी। "चलो अच्छा हुआ, गांव वापस लौटने का साधन भी जाता रहा; अब हमारा गांव लौटना होगा ही क्यों?" तीनों ने इसी प्रकार की राय-जाहिर की और फिर तीनों ने जी भर कर नदी में किलोल की, मछलियां मारी, नंगे बदन रेती में लोट-पोट हुए और हंसी मखौल करते हुए द्वीप पर चक्कर लगाया।

7

द्वीप पर उनका यह पहला ही दिन था लेकिन आज उनकी बातचीत में पहले सी गहराई गायब थी। वे तीनों एक-दूसरे से दुराव बरत रहे थे क्योंकि उनके मन में आज कुछ और ही घूम रहा था। उनके दिमाग में घर के धुंधले-धुंधले से अक्स उभर रहे थे। और तो और हकिल बरी को भी अपने टूटे-फूटे झौपड़ें की याद सता रही थी लेकिन वे खुद को डरपोक समझ लिए जाने के डर से दूसरों के सामने अस्लियत प्रकट नहीं कर रहे थे!

तभी अचानक उन लोगों को लगा कि नदी तट पर आवाज़ों का कोई हजूम लगा हुआ है। उत्सुकतावश वे तीनों उसी तरफ चल पड़े। झाड़ियों के पीछे छिपकर उन्होंने नदी किनारे की ओर निगाह मारी। कई एक नावों पर सवार ढेरों लोग नदी में छूब गए व्यक्तियों की लाशें खोजने की कोशिशें करते लगे।

"कोई डूब गया होगा?" जोय बोला।

"कौन डूब गया, हम यह पूछ भी तो नहीं सकते!" हकिल बरी बुदबुदाया।

लेकिन टॉम समझ गया कि गांव वालों ने उन तीनों को नदी में डूब गए मानकर ही यह मुहिम शुरू की है। वह बोला-"ये लोग हमारी ही लाशों को खोजने यहां तक आ गए हैं। गांव में उन लोगों को अंदेशा हुआ होगा कि हम नदीं में डूबे और बह गए हैं।"

यह जानना उन दोनों को भी अच्छा लगा। उन्हें अहसास हुआ कि गांव वालों के लिए वे एकदम महत्त्वहीन कतई नहीं रहे। औरों के लिए गैरज़रूरी हो जाना ही तो कष्टदायी होता है!

सांझ तक नौकाएं वापस चली गईं और तीनों नन्हे डाकू भी अपने डेरे पर लौट आए। तीनों खुशी से फूल कर कुप्पा हो रहे थे लेकिन खाना-पीना समाप्त करते-करते जब अंधेरा घना हो चला तो उनकी वह खुशी न जाने कहां गायब हो गई। आग सेकते बैठे तीनों में से जोय ने जब व्यक्ति के विकास के लिए सभ्य समाज में शरीक होने की ज़रूरत की बात कह डाली तो हकिल और टॉम ने उस पर फब्तियां कसीं।

"बड़ा अच्छा निबंध है।" टॉम बोला, "जब हमारा गिरोह बड़ा हो जाए तो तुम रात में उनको पढ़ाया करना।"

"समाज से ऊबकर बने डॉकू, और अब डॉकू बन जाने पर भी समाज का ही सिक्का दिमाग पर बैठा दिख रहा है, कहो तो वापस चलें?"

दोनों के सो जाने के बाद भी टॉम विचारों में खोया जागता रहा। फिर उसने अपनी जेब से अपना 'खजाना' निकाल कर जोय के हैट

में रख दिया और अंजीर के पत्ते पर कोई इबारत लिखी और जोय के हैट में ही रखकर वह वहां से चल पड़ा। चंद मिनट बाद ही वह नदी में उतर गया।

तिरता हुआ टॉम गांव के किनारे जा लगा। कपड़े निचोड़ कर सूखने को डाल दिए और फिर छिपते-छिपाते हुए घर पहुंचा। बैठक में झांका। वहां मौसी जोय हॉरपर की मां से बैठी बतिया रही थी। सिड और मेरी भी वहीं थे!

टॉम ने दरवाजे को जरा सा ठेला-"चर्र, चरर" आवाज़ हुई। बातों के कारण किसी ने 'चर्र चरर' आवाज़ तो नहीं सुनी लेकिन हवा के कारण मोमबत्ती की लौ फड़फड़ाई तो मौसी बोल पड़ी, "सिड, मेरी। जाकर दरवाजा भिड़ा आओ। मोमबत्ती बुझ जाएगी, हवा आ रही है।"

इस बीच टॉम पलंग के नीचे घुसा और सांस रोककर पड़ गया था। मौसी की आवाज़ उसने वहीं से सुनी-"खराब तो वह नहीं था, नटखट था, जैसे बालक होते हैं। लेकिन उसके मन में खोट नहीं था। रूठता था लेकिन मान भी जल्दी जाता था। मुश्किल से मुश्किल काम अगर ठान ले तो कर ही डालता था। हमसे उसकी कद्र नहीं हुई, इसी बात का रोना है।" और मौसी फुक्का मारकर फफक पड़ी।

"मेरा जोय भी ऐसा ही था। मानी बहुत था, मैंने उसे उस दिन क्रीम खा लेने के इल्जाम में पीट दिया था, बस वह रूठ कर चला गया। बाद में मुझे अपनी भूल का अहसास हुआ, क्रीम मैंने खुद ही खराब से जाने के डर से फैंक दी थी। सोचा इधर-उधर हो लेने के बाद जब घर आएगा तो अपनी गलती माफ कर देने को कहूंगी, पर हाय वैसा मौका ही कहां आया।" श्रीमती हारपर सुबकने लगी ।

सिड बोला-"टॉम जहां भी होगा, अच्छा खासा होगा।"

"ज़्यादा मत बोल।" मौसी ने सिड को बोलने से रोका और फिर बोली, "मैं उसके खिलाफ कुछ नहीं सुन सकूंगी, फिर मेरा मन भी नहीं मान रहा है कि वह अब इस दुनिया में नहीं है। तुम तो जानती ही हो बहिन तीन-तीन नौकाएं लेकर गांव वाले नदी के मुहाने तक खोज खबर ले आए कहीं कुछ निशान तक नहीं मिला। मुझे मालूम है वह मुझे बहुत चाहता था।"

टॉम का दिल भी उमड़ आया और अपनी रुलाई को उसने बहुत मुश्किल से रोका। उसका दिल हुआ कि जाकर मेरी और पाली मौसी से लिपटकर उन्हें बता दे कि वह जिंदा है लेकिन रुका रहा। वहां पड़े-पड़े ही उसे पता चला कि अगर किसी भी तरह उन तीनों की लाशें रविवार तक नहीं मिल पाई तो चर्च में उनके लिए कन्डोलेंस मीटिंग बुलाए जाने के बाद कफन-दफन कर दिए जाएंगे।

आखिरकार श्रीमती हॉरपर बोली, "बहिन जी रोना तो उमर भर का हो गया है।" और वे चली गईं।

मिसेज हॉरपर के जा चुकने के बाद भी मौसी बराबर रोए जा रही थी। थक हार कर सिड और मेरी भी सोने चले गए। तब मौसी टॉम के लिए प्रार्थना करने लगी। प्रार्थना में टॉम के लिए गहरी ममता और वेदना थी कि टॉम भी भीतर ही भीतर बिलख उठा।

प्रार्थना के बाद मौसी जाकर बिस्तर पर लेट गई और कुछ देर तक न जाने क्या कुछ बड़बड़ाती रही फिर धीरे-धीरे उनकी वह बड़बड़ाहट शांत होती चली गई। मौसी अब नींद में थी।

अब टॉम ने अपने स्थान से बाहर निकल चलना मुनासिब

समझा। हां, बाहर आने के पहले उसने एकाएक मौसी के मुरझाए होठों को एक बार चूमा-अवश्य। किनारे पर एक और लावारिस नौका मिल गई और उसने उस छोटी नाव को धार में छोड़ दिया।

द्वीप पर कदम रखते ही उसका अंदाजा कि जोय और हकिल उसे गैरहाजिर पाकर कोसते होंगे, सच निकला-''मुझे नहीं लगता हकिल'', जोय कह रहा था, ''टॉम हमें छोड़कर चला जाएगा। और फिर वह जाएगा भी कैसे उस बेड़े के बिना तो यहां से जाना ही नहीं हो सकता।''

तभी टॉम ने वहां पहुंचकर दोनों को अचरज में डाल दिया। उसे अपने बीच पाकर दोनों नन्हे डाकुओं के दिल खिल उठे। किसी ने यह जानने की जहमत नहीं उठाई कि टॉम आखिर चला कहां गया था और टॉम भी इस मामले में कोई सफाई देना टाल ही गया। दिन भर अपने-आपको छलते हुए वे तीनों इस या उस खेल में उलझे रहे और फिर थक हार कर बैठे तो अपने-अपने मन में भीतर झांकने लगे जहां उनके घर दिख रहे थे जिसको वे पीछे छोड़ आए थे। टॉम ने बालू के ढेर पर बैठकर जाने कितनी बार पैर के अंगूठे से 'बेकी' लिखा और मिटाया। जोय की पलकों की कोरों में आंसुओं की छावनी ही बन गई थी और प्रसन्न तो हकिल बरी भी नहीं था। अंत में जोय ने एकाएक बालू के ढेर में लात मारकर बालू बिखराया-''बस दोस्तों मैं तो अब जिंदा नहीं रह पाऊंगा। इस निर्जन एकांत में मुझसे अब हो भी क्या सकता है। जो इस जीवन की बचाऊं?'' कहते-कहते जोय रो पड़ा।

''थोड़ा इंतजार और कर लो भैया,'' टॉम बोला, ''फिर कोई न कोई मक्सद भी मिल ही जाएगा। यहां मारने को अनेक मछलियां है।''

"भाड़ में गई मछलियां," जोय झुंझलाया, "मेरी तो जान होंठों पर आ गई है, तम्हें ही मुबारक हो यह मछली का शिकार!"

"मगर जोय सोचो तो सही," टॉम ने उसे छेड़ा, "यहां तैरने के लिए किसी की तरफ से कोई टोका-टाकी भी तो नहीं है।"

"हो गई तैराकी-वैराकी! यह तैरना मेरा मक्सद कब था?"

"तो फिर तुम्हारा मक्सद आखिर है क्या? बताओ तो सही।"

"मरना, हां सिर्फ मर जाना ही मेरा मक्सद बन गया है, समझे।"

"समझ गया! सब समझ गया!" टॉम हकिल की ओर देखता हुआ बोला, "बच्चू जी अब अम्मा की गोद में सिर रखकर सोना चाहते हैं। घर याद आ रहा है?"

"हां, हां मुझे घर याद आ रहा है! मैं घर जाना चाहता हूं।" जोय बिफर उठा, "तुम्हारी भी मां अगर होती तो मैं देखता कि तुम उससे कितनी देर तक अलग रह सके होते ...।"

"तो ठीक है जाओ घर..." टॉम फिर हकिल से बोला, "हकिल इस रोने-धोने वाले बालक के वापस चले जाने के बाद हम दोनों तो यहीं रहेंगे न?"

हकिल से भी सिवा 'हां-हां' के कुछ और नहीं कहा गया।

"अब इस जीवन में तुमसे मिलना तो क्या हो सकेगा, बस सारा रिश्ता और संबंध यहीं खत्म हो गया समझना।" और जोये उठकर लंगोट कसने लगा। "पानी में उतरना होगा, बह भी सकता हूं।"

"इसकी परवाह हम क्यों करे?"

हकिल भी हिम्मत जुटा कर बोल पड़ा-"मैं भी इसी के साथ निकल जाता हूं टॉम!" वह भी अपने कपड़े बदलने लगा।

"तुम्हारी मर्जी!" टॉम ने मुंह फिरा लिया, लेकिन जब वे

सचमुच कुछ कदम दूर पहुंच गए तो उंसने उन्हें आवाज़ दी-"ठहर जाओ अक्लमंदों, मैं तुम्हें नाव से लिवाले चलूंगा।" और जब वे रुक गए तो उसने अपना नया पैंतरा फैंका। वे दोनों उससे सहमत हो गए।

उधर गांव में, तीनों बच्चों की खोज नहीं मिलने से मातम का वातावरण छाया हुआ था। बेकी थैकर बावली सी बनकर उन सब स्थानों पर चक्कर काट आई थी जहां-जहां वह टॉम के साथ आई गई थी। उसे टॉम के साथ दिखाई गई अपनी बेरुखी के कारण बड़ा पछतावा भी हो रहा था। काश!..." सोचते-सोचते वह रोने लग जाती थी।

रविवार के दिन प्रार्थना स्कूल का समय खत्म होने का घंटा बजते ही चर्च में लोगों का हजूम लग गया। टॉम के भाई बहिन और पाली मौसी तथा जोय का परिवार काले वस्त्र पहने आया था। लोग उदास-उदास बैठे थे। कोई-कोई जब-तब सिसकने भी लगता था।

अंत में पादरी ने मृतकों की शांति के लिए प्रार्थना की और बाईबिल से 33वां भजन गाया-"यहोबा की करुणा से पृथ्वी भरपूर है।...सारी पृथ्वी के लोग यहोबा से डरें, जगत के सब निवासी उसका भय मानें। क्योंकि जब उसने कहा, तब हो गया, जब उसने आज्ञा दी, तब वास्तव में वैसा ही हो गया। ..हे यहोवा जैसी तुझ पर हमारी आस्था है, वैसी ही तेरी करुणा भी हम पर हो, आमीन!"

और जब पादरी ने उन तीनों बच्चों की याद में कसीदे पढ़ने शुरू किए तो लोगों के दिल भर आए। खुद पादरी का भी गला भर आया। तभी हॉल का दरवाजा धीरे-धीरे खुला। आंखों पर से रुमाल हटाकर पादरी ने दरवाजे पर निगाह डाली तो उसका मुंह

हैरत से खुला का खुला रह गया। सामने अजीब मंजर था।

सबने देखा, तीनो गुमशुदा बच्चे, टॉम, जोय और हकिल बरी वहां मौजूद थे। बच्चों को जीवित और स्वस्थ देखकर पाली मौसी और हॉरपर परिवार दौड़ पड़ा और टॉम और जोय पर चुंबनों की बौछार होने लगी। हकिल अनमना सा खड़ा पादरी को निहारता रहा।

टॉम ने आदमियों जैसे अक्लमंदी दिखाई। वह बोला, ''अरे मौसी, यहां हमारे साथ हकिल भी तो है, इसके लिए भी तो किसी के दुलार की ज़रूरत है!''

''हां, हां'', मौसी ने हकिल को दुलराते हुए कहा, ''मेरे लिए तो जैसा तू वैसा यह! हाय मां के बिना कैसा निमाना सा खड़ा है, मेरा बच्चा!''

लेकिन मौसी के प्रेम पगे व्यवहार से हकिल अघा गया। गांव के बच्चे टॉम को छूकर देखने को उतावले से होते दिखे।

दोनों नन्हें डाकुओं की समझ में उस दिन का टॉम का पैंतरा अब आया कि क्यों उसने तब उन्हें लौटने नहीं दिया था।

8

वापस लौट आने के बाद टॉम में जबरदस्त बदलाव आया था, अब वह बेकी से दूर-दूर रहने की कोशिशें करता था जिससे बेकी उखड़ी-उखड़ी रहने लगी हालांकि शुरू-शुरू में टॉम के लौट आने से उसने टॉम से मेलकर लेने की सोची थी। टॉम ने अब एमी लारेन्स का साथ पकड़ लिया था तो बेकी ने एल्फ्रेड टैम्पल को साध लिया।

और वह उस समय अपना जुड़ाव का और भी ज्यादा दिखावा करती जब टॉम के लिए वह देख सकना संभव होता।

टॉम के भीतर जब ईर्ष्या की आग धधकने लगी तो उसने एल्फ्रेड से न अटक कर ऐमी लारेन्स से कट कर घर चले जाना मुनासिब समझा। अब बेकी को भी एल्फ्रेड का साथ अखरने लगा और वह एल्फ्रेड को झिड़क बैठी-"लीव मी अलोन् प्लीज! जाओ, अपना रास्ता नापो!"

एल्फ्रेड को गहरा धक्का लगा, डसने भॉप लिया कि बेकी ने टॉम का मन कुढ़ाने के लिए उसे साधन बनाया था। उसने दोनों के प्रति घृणा से मुंह बिचकाया और सोचा-"बदला लेना होगा!"

एक दिन टॉम की नज़र बची तो उसने उसकी कापी पर स्याही उंड़ेल दी। बेकी देखकर भी टॉम को बता नहीं सकी, सोचा-पिट लेने दो, अकड़ ढीली तो होगी!" उस समय उसे मालूम नहीं था कि एक आपदा प्रभु ने उसने लिए भी सुरक्षित कर दी है।

कक्षा अध्यापक डबिन्स कक्षा को किसी पाठ में उलझा कर अपने डेस्क में से निकाल कर कोई किताब देखा करते थे। बालकों में उस किताब के बारे में कई अटकलें थी पर किसी को वह देखने को भी नसीब नहीं हो पाई थी। आज बेकी ने जाने कैसे डेस्क खोल लिया और पुस्तक निकाली तभी टॉम ने भी अपनी उत्सुकता पर काबू न पाकर किताब देखने की जल्दी दिखाई। बेकी ने फौरन किताब बंद कर देनी चाही उसी छीना-झपटी में तस्वीर वाला पन्ना जिल्द से दरक गया। किताब वापस डेस्क में रख दी जाने पर भी वह अपनी पिटाई से डर से डरी हुई भी टॉम को ही कोसती रही।

कक्षा शुरू होने पर पहले तो टॉम की इसलिए पिटाई हुई कि उसे अपनी कापी का रख-रखाव नहीं आता है और फिर थोड़ी

देर बाद तब पिटाई लगी जब उसने डेस्क में से किताब निकालने और तस्वीर फाड़ने के जुर्म के लिए खुद को सजावार बता दिया।

टॉम को पिटते देखते हुए तो बेकी ने अपनी चुप्पी नहीं तोड़ी लेकिन मार खाकर भी टॉम जब उसे देखकर मुस्कुराया तो वह शर्म से दोहरी हो गई और फिर टॉम से उसने सब कुछ कबूल लिया।

रात को बिस्तर पर लेटे हुए टॉम को मास्टर द्वारा मारी गई बेंत इतनी तकलीफ नहीं दे रही थी जितना सुख बेकी के वे शब्द दे रहे थे जो वह जल्दी-जल्दी कह गई थी-"तुम बड़े हिम्मत वाले हो टॉम, वैरी करैजियस एण्ड लवली।"

स्कूल बंद हो गया तो गांव में हलचल को भी जैसे विराम लग गया। समय काटना मुश्किल हो रहा था कि पॉटर के मुकदमे की सुनवाई शुरू हो गई जिससे बेखबर बने रहना टॉम और हकिल बरी के लिए मुमकिन नहीं रहा और दोनों दो दिनों तक अदालत में पहुंचते रहे हालांकि वे एक दूसरे की नज़रों में न आने क लिए सचेत भी बने रहे।

अदालत से बाहर निकलते लोगों की आपसी चर्चा से टॉम के हाथ भी थोड़ी बहुत जानकारी लगी कि इंजुन की गवाही पॉटर के लिए फांसी का फंदा बनकर रहेगी। भले ही पॉटर अभी तक अपने को बेकसूर बता रहा है लेकिन जब तक इसके पक्ष में कोई सबल गवाही नहीं मिलेगी। तब तक जूरी उसकी बात को मानेगी कैसे?

निरीह, अनाथ और दुखी प्राणियों के लिए सद्भावना रखना सभ्य समाज का मूल स्वभाव होता है। उस दिन संडे स्कूल में भी मिस्टर वाल्टर्स बोले थे, 'अपने भीतर की कृपा और सच्चाई को

हर कीमत पर बनाए रखना ही आदमियत की पहचान है', लेकिन वह इंजुन जोय बहुत बुरा आदमी है उसके ही डर से हमने चुप्प रहने की प्रतीज्ञा की है तो क्या, तो क्या पॉटर को फांसी होने दी जाए?

टॉम उस दिन उद्विग्न हुआ घूमता रहा। रात में भी उसके भीतर खलबली मची ही रही जिससे उसकी नींद उड़ी रही। उसे उसकी आत्मा बहुत धिक्कार रही थी। उसे इस बात से इसलिए कोफ्त हो रही थी कि डॉक्टर का कत्ल होते हुए उसने अपनी आंखों से देखा था और अब एक बेकसूर पॉटर हत्यारा करार दिया जाने वाला है।

दूसरे दिन अदालत में सरकारी वकील ने एक गवाह का बयान दिलाकर पॉटर के वकील को गवाह से जिरह करने का न्यौता दिया तो वकील ने बड़े आराम से कह डाला-"जी नहीं, योर आनर! मुझे कुछ नहीं पूछना है।"

पॉटर ने अपनी हताश दृष्टि पहले गवाह पर और फिर वकील पर डाली इसके बाद अपनी नजरें झुकाली।

दूसरा गवाह पेश हुआ उसने चाकू पहचान कर पुष्टि कर दी कि लाश के निकट वही चाकू और मरी हुई बिल्ली मिली थी। और इस बार भी बचाव पक्ष के वकील का रुख वैसा ही रहा मुझे इससे भी कुछ नहीं पूछना योर मैजेस्टी।"

तीसरे गवाह ने तस्दीक कर दी कि यह चाकू मुल्जिम पॉटर की ही मिल्कियत है तो बचाव पक्ष के वकील ने उससे भी कोई सवाल-जवाब करने से इनकार कर दिया-"जी नहीं, मीलार्ड।"

उपस्थित दर्शकों में उसकी यह हिचकिचाहट उसकी नाकाबिलियत मान ली गई। उन्हें पॉटर के दुर्भाग्य पर तरस आने लगा।

डॉक्टर ने आकर तस्दीक कर दी कि मक्तूल इसी चाकू से मरा और दूसरे एक गवाह ने बयान दिया कि वारदात की शाम पॉटर डॉक्टर राबिन्सन के साथ कब्रिस्तान की ओर जाता देखा गया था। इसके अलावा दो तीन और गवाह भी पेश हुए लेकिन पॉटर के वकील ने किसी से भी क्रॉस क्विेश्चन करना मंजूर नहीं किया। दर्शक ही नहीं ज्यूरी के सदस्य और शेरिफ तक वकील के इस रवैये को देखकर हैरान थे।

इस्तगासे का वकील सारे गवाहों के बयानों को एक कड़ी में पिरोकर पॉटर को दोषी सिद्ध किए जाने की दर्खास्त करके अपने स्थान पर जैसे ही बैठ गया तो जूरी के एक सदस्य ने बचाव पक्ष के वकील से जानना चाहा-"आप भी शायद इस यकीन को अपने दिल से नहीं निकाल पाए हैं कि डॉक्टर की हत्या आपके मुवक्किल से ही हुई है?"

पॉटर कटघरे में छटपटाया लेकिन उसकी ओर देखे बिना बचाव पक्ष का वकील बोला-"जी नहीं श्रीमान्, मुकदमे के शुरू में तो मैं भी इस्तगासा की इस दलील से सहमत होने लगा था कि मेरे मुवक्क्लि से शराब के नशे में यह हत्या हो गई होगी और मैंनें सोचा भी था कि इस मामले को बिना इरादे हत्या की श्रेणी में रखकर मुल्जिम के लिए हल्की सजा की मांग करूंगा मगर" वकील ने रुमाल निकाला और अपने होंठ पौंछते हुए दर्शकों के उत्सुक चेहरे निहार लेने के बाद अदालत से कहा, "मगर अब मैंने वैसी दलील देकर अपने मुवक्किल के लिए रियायत मांगने का अपना इरादा बदल दिया है। मेरे मुवक्किल को किसी किस्म की रियायत नहीं चाहिए-"

वकील पलक झपकने तक रुका। पॉटर के चेहरे पर निगाह डाली, वह अपलक अपने वकील को निहार रहा था। वकील ने

अदालत के सामने एक काग़ज पेश करते हुए कहा, 'उसे इंसाफ चाहिए' और उसे बेकसूर सिद्ध करने के लिए गवाह पेश करने की इजाजत चाही। इजाजत मिल गई तो वकील ने चपरासी से कहा-"टॉम सॉयर को कहो, "गवाही के लिए कटघरे में आए।"

दर्शक अचरज में भरकर दरवाजे की ओर देखने लगे। टॉम ने धीरे-धीरे आकर शपथ ली।

"टॉम सॉयर, यह गवाही तुम सत्य की रक्षा के लिए देने आए हो?"

"जी हां।"

"तो अदालत को बताइए कि वाकये की रात तुम कहां थे?" इंजुन जोय टॉम की ओर ही देख रहा था, पहले तो टॉम की सिट्टी गुम हुई लेकिन फिर कहा कि "कब्रिस्तान में!"

"जरा ज़ोर से बताओ, जिससे सब सुन लें!", अब इंजुन जोय के चेहरे पर हवाईयां उड़ने लगी थी। वकील की निगाहें उसी पर टिकी हुई थी हालांकि वह सवाल टॉम से पूछ रहा था। "विलियम की कब्र तुमसे कितनी दूर थी?"

"दो गज!"

"तुम्हें किसी ने देखा था?"

"जी नहीं, मैं पेड़ के पीछे जमीन से चिपका हुआ था।"

इंजुन करवटें बदलने लगा था।

"पेड़ के पीछे तुम अकेले थे?"

"जी नहीं, मेरा एक दोस्त भी मेरे साथ ही छिपा हुआ था वहां, उसका..."

"ठहरो, उसका नाम अभी मत बताओ... अभी तो यह बताओ तुम अपने साथ क्या ले गए थे और क्यों?"

"जी हम लोग एक मरी हुई बिल्ली ले गए थे, वहां दफ न करने के लिए!"

"तुमने वह बिल्ली दफ नाई?"

"नहीं, वैसा मौका नहीं मिला, बिल्ली की ठठरी पेड़ के पास छोड़ कर हमें डरकर वहां से भाग आना पड़ा।"

"तुम बिल्ली को दफ नाने गए थे लेकिन बिना उसे दफ नाए ही वहां से डर कर भाग निकले... लेकिन डरे क्यों, ऐसा क्या देखा तुमने?"

टॉम ने धीरे-धीरे सारी घटना बयान कर डाली कि वे लोग जब विलियम की कब्र के पास पहुंचे तो उन्होंने तीन आवाजें सुनीं। पहले उन्होने उन तीनों को भूत समझा और वे ठहर गए मगर जब वे तीनों वहां पहुंचे तो उन्होंने उन्हें लालटेन की रोशनी में पहचाना और वे छुप गए। कब्र की खुदाई करने के बाद डॉक्टर के लिए लाश निकाली गई जिसकी पॉटर ने पांच डालर मजदूरी मांगी, और बात बढ़ जाने पर उनमें हाथापाई शुरू हो गई। अदालत में मौजूद सब लोग सांस रोके यह बयान सुनते रहे और क्लाइमेक्स तब हुआ, जब टॉम ने बताया-"पॉटर के हाथ में चाकू देखकर क्रोधित डॉक्टर ने विलियम की कब्र से हैडबोर्ड उखाड़ा और पॉटर के सिर पर दे मारा जिससे पॉटर गिरा और बेहोश हो गया तभी इंजुन जोय ने पॉटर का चाकू उठा लिया और जैसे ही डॉक्टर उसकी ओर मुड़ा उसने डॉक्टर के सीने में चाकू उतार दिया..."

वकील चिल्लाया-"पकड़ो...पकड़ो इंजुन भाग रहा है..." लेकिन इंजुन को पकड़ता कौन? लोग तो टॉम का बयान सुनने में तल्लीन थे। इंजुन लोगो को इधर-उधर धकियाता हुआ खिड़की के रास्ते बाहर कूदा और फरार हो गया...।

पॉटर के छूट जाने से टॉम गांव भर का चहेता बन गया। हकिल बरी ने उसे प्रतीज्ञा भंग करने के अपराध से माफ कर दिया लेकिन टॉम के दिलो-दिमाग पर इंजुन जोय का डर हावी हो जाने से उसे ठीक से नींद आनी बंद हो गई थी। इंजुन जोय अब न जाने कहां गायब हो गया था। अब वह हत्या का आरोपी घोषित हो चुका था।

9

बालको की दुनिया निराली होती है। उनमे साहस और लोभ दोनों घुल-मिलकर एकमएक हुए रहते हैं। तीसरी चीज होती है उत्सुकता और व्यग्रता की, वे हर चीज को छूकर देखना चाहा करते हैं यहां तक कि खतरे को भी।

बालकों में चीजों को अपने आप पाने की धुन हुआ करती है। माता-पिता बालक को भयमुक्त बनाने के लिए अकसर डाकुओं की साहसिक कहानियां सुनाया करते हैं तब उन्हें बच्चों के बारे में यह अंदाजा नहीं हो पाता कि उनकी सुनाई साहसिक गाथाओं को बच्चों द्वारा किस रूप में ग्रहण किया गया है। दरअसल अभिभावकों को बचपन की शिक्षा के प्रभाव से बेखबर नहीं रहना चाहिए।

यह साहसिक कहानियों का ही असर होता है कि बच्चे गड़ा हुआ खजाना प्राप्त कर लेने के सपने देखने लग जाया करते हैं-इस कल्पना में उनका मन रमा रहता है और वैसे मनुष्य भी सुख पाने के लिए कोशिश करते रहते ही हैं।

टॉम के मन में भी गड़ा हुआ खजाना खोद निकालने की साध थी, और चूंकि यह काम कोई व्यक्ति अकेला होते हुए कर नहीं सकता इसलिए उसे दूसरे साथी की चाहत हुई तो ध्यान हकिल बरी पर जाकर ठहर गया। हकिल पहले की एक मुहिम में उसका सहयोगी रह चुका था। इसलिए जब टॉम ने उससे खज़ाने की बात चलाई तो इस बार भी वह फौरन तैयार हो गया।

टॉम सुन चुका था कि खजाना या तो खण्डहर हो चुके पुराने किलों में गड़ा मिलता है या फिर उजाड़ और भुतहे स्थानों में, निर्जन द्वीपों में, सूख चुके वृक्षों की जड़ों में इसलिए वे दोनों, अब उजाड़ स्थानों में खजाना खोजने लग गए। रोज आधी रात को फावड़ा और कुदाल किसी न किसी स्थान पर बजता लेकिन बहुत कोशिशों के बाद भी परिणाम कुछ भी नहीं निकला। अब उन्होंने कार्डिफ पहाड़ी वाले ऊजड़ मकान को निशाना बनाया और जब वे वहां पहुंचे तो उन्होंने पाया कि इंजुन जोय वहां उनके पहुंचने के पहले से छाबनी डाले डॅटा हुआ है। अब उन्हें उससे भी छुपना था।

इंजुन जोय वहां अकेला नहीं था और उस खजाने को उसने सचमुच ही खोज निकाला था जिसके लिए टॉम और हकिल बरी वहां पहुंचे थे तो भी टॉम ने इंजुन जोय पर नज़र बनाए रखने का निश्चय किया कि वह खजाना कहां छुपाता है? आखिर वह इतना सारा धन हर समय अपने साथ-साथ लिए-लिए तो कहीं आ-जा नहीं सकता और इन दिनों वह फरार रहने के कारण आबादी में भी कहीं नहीं रहेगा। लेकिन टॉम इस फैसले पर टिक नहीं सका क्योंकि जैसे ही उसे पता चला कि बेकी अपने परिवार के साथ वापस गांव लौट आई है वह हकिल बरी को वहीं छोड़ कर बेकी के पास पहुंच गया और अगले दिन बेकी की माता ने उसे स्कूली बच्चों के साथ पिकनिक

पर जाने देना मंजूर कर लिया। मां को बताया गया था कि रात जोय हॉरपर के घर पर बिताई जाएगी लेकिन एन टाईम पर टॉम ने बेकी को कार्यक्रम बदल देने को कहा-"बेकी हम पहाड़ पर श्रीमती डगलस के मकान पर रहेंगे और उनकी बनाई आईसक्रीम का स्वाद चखेंगे। वे बहत उम्दा आईसक्रीम बनाती हैं। हमारे वहां पहुंचने से उन्हें बेहद खुशी भी होगी।"

"लेकिन टॉम मां नाराज होंगी!"

"मां को पता लगेगा तभी न? हम उन्हें बताएंगे ही नहीं!"

"मगर होगा तो यह ग   लत ही?"बेकी ने हिचकिचाहट दिखाई।

"बेकी, अब यह अगर-मगर छोड़ो। मां को तुम्हारी हिफाज़त का ख्याल रहता है; अगर तुमने श्रीमती डगलस का नाम बता दिया होता तो भी वे मान जाती।"

बेकी चुप हो गई।

पिकनिक के लिए निकले बच्चों को लेकर नौकाएं तीन मील दूर जाकर रुकी। बच्चो के खेलों और उछलकूद से किनारा गुलजार हो उठा; जंगल और पहाड़ियां शोरगुल, चीख-चिल्लाहट से गूंज उठी। भोजन के बाद सलाह होने लगी-'गुफा में चला जाए!' एक दूसरे की देखादेखी सबने हामी भरी और झुंड के झुंड टोलिया मोमबत्ती लिए मैक्डानल गुफा में घुस गईं। थोड़ा भीतर चलते ही गुफ़ा कई शाखाओं में बंट गई। सुन रखा था कि गुफ़ा पूरी भूल-भुलैया है इसलिए कोई भी टोली अधिक दूर तक नहीं गई फिर भी जब बाहर निकले तो रात हो गई थी। टॉम और बेकी गुफा से नहीं निकल पाए थे उस वक्त किसी को भी इसकी सुध ही नहीं रही।

उधर हकिल बरी इंजुन जोय के पीछे लगा ही था; उनकी बात सुनकर उसे इंजुन की अगली वारदात के बारे में अनुमान

हो गया कि वे पर्वत पर इसलिए पहुंचे थे कि वहां से चलकर श्रीमती डगलस की हत्या कर उनका माल-मत्ता लूट लेंगे। हकिल जानता था कि श्रीमती डगलस एक सम्पन्न महिला है और अपने घर में अकेली ही रहती है। हकिल ने दौड़ लगाकर बूढ़े वैल्समैन से इस वारदात के संबंध में बताया तो वे अपने दो जवान पुत्रों को लेकर श्रीमती डगलस के बचाव के लिए हकिल के साथ चल पड़े। हमला हुआ और जब श्रीमती डगलस के घर से जवाब में ताबड़तोड़ गोलियां बरसी तो इंजुन और उसके साथी भाग निकले लेकिन इस सारी दौड़ भाग और मारकाट के कारण हकिल बीमार पड़ गया। श्रीमती डगलस ने उसे इलाज के लिए अपने घर रोक लिया।

10

टॉम और बेकी जब गुफ़ा में घुसे थे तब वे सबके साथ होते हुए दरअस्ल अपने मे ही मगन थे इसलिए उन्हें पता ही नहीं चल सका कि कब वे अपने साथियों से छिटककर अलग पड़ गए थे और जब उनकी बातों का सिलसिला टूटा तो वे एक झरने के निकट थे जहां दो दीवारों के बीच एक प्राकृतिक सीढ़ी-सी बनी हुई थी। अब टॉम के लिए खुद को रोकना मुश्किल हो गया और जाने क्या सोचकर उसने मोमबत्ती की लौ से दीवार पर धुएं से कुछ लिखा और फिर दोनों आगे बढ़ चले। आगे एक रास्तें में से दूसरा रास्ता निकलता चला गया और अब वे उस भूल भूलैया में फंस चुके थे जिससे निकलना किसी के लिए एकाएक सरल नहीं होता सुना गया था। बेकी घबड़ा गई और वापस लौटने का आग्रह करने लगी-“रास्ता तो नहीं भूले हो न?”

"नहीं, रास्ता याद है! लेकिन इस तरफ चमगादड़ों के कारण मोमबत्ती बुझ जाने का खतरा बना रहेगा, अंधेरे में कुछ सूझेगा ही नहीं, दूसरी तरफ से निकलते हैं! बेफिक्र रहो, खोएंगे नहीं!"

लेकिन बड़ी देर तक इधर-उधर भटकते रहने के बाद भयभीत बेकी बोली-"हम खो गए टॉम। अब शायद हम इस गुफ़ा में ही मर खप जाएंगे।" उसके रोने से टॉम को अपनी गलती सालने लगी-"मुझसे भूल हुई बेकी, तुम्हें यहां लाना नहीं चाहिए था।"

"अफसोस मत करो टॉम, चलो!" और वे फिर आगे बढ़े। अब टॉम ने दूसरी मोमबत्ती बुझा दी और एक मोमबत्ती के सहारे ही चलते रहे। कुछ देर बाद थक कर बेकी बैठ गई। अब वह अपने घर-परिवार, स्नेही, संबंधी और मित्रों तथा गांव के बारे में याद करती रोती रही। टॉम निकलने के लिए मन ही मन हिकमत लड़ाता रहा। एकाएक बेकी को भूख लग आई। टॉम ने निकालकर एक केक उसको दी तो बेकी हंस पड़ी-"हमारी शादी का केक है?" कुछ देर दोनों चुप चुपाने केक खाते रहे फिर बेकी ने पूछा-"हमें ढूंढने की कोशिशें हो रही होंगी?" टॉम ने हामी भरी-"और क्या! नावें वापस पहुंचते ही उन्होंने हमें नहीं पाया होगा तो जान गए होंगे!"

थैकर परिवार और पाली मौसी ने इतवार को जाना कि टॉम और बेकी पार्टी के साथ वापस नहीं लौटे हैं तो दोनों परिवारों में रुदन मच गया और उन्हें यही अंदाजा हुआ कि दोनों गुफ़ा में ही फंसे रह गए हैं इसलिए न्यायाधीश थैकर खोजियों की एक टोली लेकर बेकी और टॉम को गुफाओं में ढूंढने चल पड़े। गुफा में उन्हें उन दोनों की निशानियां मिलीं तो श्रीमती थैकर पछाड़ खाकर गिर पड़ीं और उन्हें अपनी बेटी के जिंदा मिलने की आशा जाती रही।

लेकिन मिस्टर थैकर ने खोजना जारी रखा।

उधर टॉम को जब किसी भी तरह गुफ़ा से बाहर आने में कामयाबी नहीं मिली तो उसने जेब से पतंग की डोरी निकाली और उसका एक सिरा एक स्थान पर बांध देने के बाद बेकी को साथ लेकर आगे बढ़ा और इस प्रयत्न ने उन्हें वापस उसी जल स्रोत के पास पहुंचा दिया जहां से वे चले थे लेकिन टॉम ने हिम्मत नहीं हारी और अबकी बार दूसरी दिशा में बढ़ना शुरू किया। थोड़ी दूर चलने पर ही उन्हें दिखाई पड़ा कि कुछ दूरी पर एक आदमी मोमबत्ती के उजाले के सहारे चल रहा है जिसे पहचानकर टॉम का सारा शरीर झनझना उठा-वह इंजुन जोय था। टॉम ने अब दूसरा रास्ता पकड़ना चाहा लेकिन इस बार बेकी नहीं मानी, कह दिया "तुम्हें जिधर जाना है चले जाओ, वह अब कहीं नहीं जाएगी। तुम थोड़ी-थोड़ी देर बाद वापस लौट कर देखते ज़रूर रहना जिससे मुझे तसल्ली रहे कि तुम मेरी मृत्यु के समय मेरे निकट ही रहे।" टॉम ने उसे भरोसा दिया कि वह उसे अकेली नहीं मरने देगा और रास्ते की खोज में बढ़ चला।

मंगल की आधी रात एकाएक सारे गांव में जाग हो गई और लोग खुशी से चिल्ला उठे-"लौट आए! दोनों बच्चे ठीक-ठाक लौट आए।" और फिर सुबह तक श्रोता टॉम के अनुभव सुनते रहे कि डोर के सहारे बढ़ने पर एक जगह उसे दिन की उजास नज़र आई तो रेंग-रेंग कर आगे बढ़ने पर एक तंग रास्ता पार कर लेने पर उसे नदी का पाट नजर आया, बस वापस लौटकर वह बेकी को वहां ले आया...। टॉम और बेकी के लिए उठना-बैठना तक मुश्किल लग रहा था। पाली मौसी और श्रीमती थैकर बच्चों की तीमारदारी में लगीं थीं ओर मिस्टर थैकर अभी तक गुफ़ा से वापस नहीं आए

थे हालांकि उन्हें सूचना देने के लिए एक आदमी भेजा जा चुका था।

उधर हकिल बरी की सेवा सुश्रुषा का भार श्रीमती डगलस बड़ी नेकनीयती से उठा रही थी।

11

टॉम को न्यायाधीश थैकर से जब यह मालूम हुआ कि गुफ़ा के मुंह पर लोहे का दरवाज़ा जड़वा दिया गया है तो उसे पानी मांगने की ज़रूरत पड़ गई। उसने मिस्टर थैकर को बताया-''इंजुन जोय वहीं तो है!'

यह खबर जिसने भी सुनी वही गुफ़ा की दिशा में भाग निकला। टॉम और मिस्टर थैकर साथ-साथ थे।

गुफ़ा का दरवाजा जैसे ही खुला सामने इंजुन जोय की लाश मिली। मरने के पहले उसने दरवाजे के कुलाबों को खोखला करने के लिए अपने चाकू का जी भर इस्तेमाल किया था लेकिन उसे बाहर की रोशनी देखना नसीब नहीं हो सका। उसके चाकू का फल उसके पास ही टूटा पड़ा उसके जीवन की कहानी पर लगा फुलस्टॉप सा दिख रहा था।

पंचनामा भरकर उसे वहीं गुफ़ा के बाहर दफ़्न कर दिया गया।

थोड़े समय के बाद जब टॉम की भेंट हकिल बरी से हुई तो खजाने की चर्चा फिर चली। टॉम और हकिल बरी दोनों ही यह जान चुके थे कि जिस खजाने की तलाश इन दोनों को रही थी उसे इंजुन जोय ने ढूंढ निकाला था लेकिन मरते समय खजाना

उसके पास नहीं था-"तो फिर ख़ज़ाना गया कहां? क्या उसका वह अज्ञात साथी सारा माल ले गया? लेकिन कैसे?" हकिल बरी के पास केवल प्रश्न् ही प्रश्न् थे।

टॉम ने अपना ख्याल बताया-"ख़ज़ाना गुफ़ा में ही होना चाहिए। इंजुन जोय अंत में अकेला ही गुफ़ा में रह रहा था।"

और वे दोनों फिर गुफ़ा में दाखिल हो गए। इस बार उन्होंने वह रास्ता पकड़ा था जिससे होकर टॉम बेकी को बाहर निकाल कर लाया था।

खज़ाने की खोज में निराशा के कई दौर सह चुकने के बाद आखिरकार एक स्थान पर लकड़ी का एक संदूक मिला जिसे खोलने पर वे प्रसन्नता से एक दूसरे से लिपट गए। उनकी कोशिश सफल हो गई थी। संदूक में ख़ज़ाना ही था। उन दोनों ने सारा माल अपने थैलों में भर लिया।

संदूक में सिक्कों के अलावा शस्त्र भी थे जिन्हें उन्होंने संदूक में ही रखा रहने दिया-"डाकू बनकर जब हम इस गुफा को अड्डा बनाएंगे ये बंदूकें तब हमारे काम आएंगी।" टॉम बोला।

लौटते हुए रास्ते में वेल्शमैन मिले, बोले-"चलो मेरे साथ श्रीमती डगलस के यहां आज धन्यवाद सभा हो रही है। गांव के बच्चे-बूढ़े सभी वहां होंगे।"

सभा शुरू होने के पहले टॉम और हकिल बरी का हुलिया सुधारा गया। बूढ़े वेल्शमैन ने अपने भाषण में बताया अगर उन्हें श्रीमती डगलस पर मंडराए खतरे की सूचना पहले ही नहीं मिली होती तो वे अपने पुत्रों को लेकर श्रीमती डगलस की जान बचाने को पहुंच ही नहीं सकते थे; और यह सूचना उन्हें जिसके द्वारा दी गई अस्ल में तो अभिनंदन उसका होना चाहिए...।'

"कौन है? कौन है वह जरा बताइए तो?" कई एक आवाजे उठीं।

"वह व्यक्ति यह हकिल बरी है!"

हकिल बरी सिकुड़ा-सिमटा बैठा था। श्रीमती डगलस ने उसका धन्यवाद कहते हुए एलान कर दिया कि अब हकिल बरी को वे अपने खर्च से पढ़ाएंगी-लिखाएंगी और बाद में अपने पैसे लगाकर उसे कोई रोजगार भी करा देंगी...

अब टॉम से नहीं रहा गया। श्रीमती डगलस की बात काटते हुए वह बोला-"हकिल को सिर्फ स्नेह की कमी है; इसे प्यार करने वालों की ज़रूरत है यह गरीब कतई नहीं है, यह बहुत बड़ी धनराशि का स्वामी है!"

लोगों को हैरानी हुई। टॉम जिसे बहुत बड़ी धनराशि का स्वामी बता रहा है उसका लिबास और हेयर स्टाइल इसकी गवाही नहीं दे रहा है। एक आदमी ने कह भी दिया-"यह तुम क्या कह रहे हो टॉम?"

"मैं ठीक कह रहा हूं...", टॉम ने उत्तर दिया, "आप खुद देख लीजिए..." और उसने दरवाजे के पीछे से दोनों थैले किसी तरह वहां लाकर उंड़ेल दिए, फ़र्श पर सिक्कों का ढेर लग गया-खन्-खन्-खनन्-"इसमें से आधे डॉलर इसके हैं!"

लोग चकित रह गए। सिक्के गिने गए, कुल जोड़ हुआ बारह हजार डालर!

श्रीमती डगलस अब हकिल की अभिभावक बनकर उसके जीवन स्तर में बदलाव लाने की प्रेरणा देने लगी लेकिन उनके सांचे में रहकर बड़ा आदमी बन सकना हकिल को किसी भारी मशक्कत से कम नहीं लगता था। श्रीमती डगलस ने उसके हिस्से के सभी छह हजार डालर छह प्रतिशत की दर से ब्याज पर लगवा दिए

थे और इस प्रकार उसकी आमदनी होनी शुरू हो चुकी थी प्रति सप्ताह एक डालर लेकिन सपने देखने का अभ्यासी हकिल एक दिन वहां से ऊब कर भाग निकला। जब बहुत खोजने के बाद भी उसका कोई सुराग हाथ नहीं लगा तो श्रीमती डगलस ने पाली मौसी से पुछवाया-"टॉम घर पर ही है या वह भी हकिल की तरह घर से भाग निकला है?"

लेकिन टॉम पाली मौसी को छोड़कर कहीं नहीं गया था। मौसी ने मिस्टर थैकर के द्वारा टॉम का धन भी उसी ब्याज पर निवेश करा दिया था। मिस्टर थैकर टॉम के मुरीद बन चुके थे। वे साफ़ कहते थे कि टॉम की हिम्मत के कारण ही उनकी बेटी गुफ़ा से जीवित बच आई थी। उनके दिमाग में टॉम के लिए एक बात भरी हुई थी कि टॉम को या तो फौज में जाना होगा या फिर उसके शरीर पर अदालती कोट जंचेगा।

हकिल बरी को खोजने में टॉम को जरा भी वक्त नहीं लगा। वह बड़े आराम और निश्चिंतता के साथ पुराने बूचड़ खाने के पीछे गंदे से स्थान पर छाया में पसरा पड़ा था और पास ही इधर-उधर से इकट्ठी की गई ढेर सारी चीजें संजो कर रखी हुई थी। बिखरे बाल और धूल मिट्टी में लिथड़े कपड़े लेकिन चेहरा एकदम तनाव मुक्त।

टॉम द्वारा जगाएं जाने पर हकिल ने श्रीमती डगलस के यहां से भाग आने की कैफियत बताई-"यह जीवन मेरे लिए सहज सरल और स्वाभाविक नहीं है, मुझे तो यही जीवन रास आ सकता है मेरे भाई, याद है हमारी साध डाकू बनने की रही! अमीरी की नहीं!"

टॉम ने उससे उसी के मिजाज की बात की-अमीरी होने के बाद डाकू दल बनाने का सपना, मुझसे भी नहीं छुटा है भाई! लेकिन मेरे

डाकू दल में शामिल रहने के लिए तुम्हें श्रीमती डगलस के यहां लौटकर अमीरों के तौर-तरीके और पढ़ना-लिखना सीखना होगा, जिससे कोई यह नहीं कहे कि टॉम सायर की टोली में अच्छे रहन-सहन से गाफ़िल डॉकू हैं। समझ गए।"

समझा या नहीं क्या पता लेकिन हकिल ने कह ज़रूर दिया-"समझ गया, सब समझ गया टॉम। मैं वहां लौट जाऊं और श्रीमती डगलस के कहे अनुसार अपने जीवन को ढाल लूं तो तुम मुझे अपने दल में शामिल कर लोगे! यही कह रहे हो न?"

"बेशक!"

●●●